ーション・ロマンス

きたざわ尋子

幻冬舎ルチル文庫

CONTENTS ✦目次✦

✦イミテーション・ロマンス

✦イラスト・陵クミコ

✦カバーデザイン＝久保宏夏(omochi design)
✦ブックデザイン＝まるか工房

イミテーション・ロマンス

彼は幼い頃から、自分が家族の誰にも似ていないことに気づいていた。

ときおり母親が苦いものでも口にしてしまったような顔で自分を見ていることも、周囲の大人たちが揶揄《やゆ》するように似ていないことを指摘していたのも知っていた。

だからといって深く考えることはしなかった。心ない声はもちろん不愉快だったが、父親はとても優しかったし、母親違いの兄も彼を大事にしてくれていたから、さほど気にすることなく過ごしていた。

変わってしまったのは、いつ頃からだったか。

正確な時期は忘れてしまったが、彼が自分のことを異分子らしいと知った時期と前後していたのは間違いない。

彼――稲森智紀《いなもりともき》は、その違和感や居心地の悪さを抱いたまま成長し、今年とうとう大学生になった。とうとうなのか、ようやくなのかは、智紀自身にもよくわからなかった。

実家がある長崎を出て、福岡で大学生活を始めて数ヵ月。初めての一人暮らしにも慣れ、環境にも馴染《なじ》みつつあった。友人はそこそこ出来たし、単位も問題なく取れそうだ。

順当に大学生としての生活を送っていた智紀だが、夏休みが近くなった頃から、自然と溜《た》め息が多くなった。

そんな彼に気づいて、よく話す友達がどうしたのかと尋ねてきた。

「実家に戻るのが、ちょっと憂鬱《ゆううつ》だなと思って」

とりあえず苦笑を浮かべながらそう返す。

夏休みに入っても実家へ戻る気はなかった。だが八月のなかば過ぎに父方の従兄弟《いとこ》の結婚式があり、それには顔を出さなくてはならないのだ。特に親しい間柄でもないのだが、父方は親戚筋の結束が固く、冠婚葬祭には特にうるさい。

「なんで真夏に結婚式なんかやるんだろうね」

もっといい季節があるだろうに、と思う。

親戚行事が嫌なわけではない。楽しくもないが、父方の親戚は余計な話はしないので、ただその場におとなしく座っているだけでいいから、ある意味気は楽なのだ。

問題は稲森家——家族にあった。

「別に仲悪いとかじゃないんだよ？　ただ……一人暮らしが思ってたより気楽で、実家は窮屈《きゅうくつ》かなって」

嘘《うそ》だった。一人暮らしは確かに気楽だったが、帰りたくないというほど好きなわけではない。だが本当のことを友達に言うつもりはなかった。説明が難しいし、深い話をするつもりもないからだ。

実家の窮屈さに共感を示しながらも、友達は便利さも訴えてきた。掃除も洗濯も料理もしてくれるから、というのに同意はしたが、それでも智紀は実家へ帰りたくはない。あの家ではうまく息が出来ない気がするからだった。

稲森家において、智紀は微妙な存在だ。かつては仲のいい、理想的な家族だったと自信を持って言えるが、いまは表面だけを取り繕《つくろ》った、いわゆる仮面家族のようになっている。その原因が智紀なのだ。

父親は二歳の息子を連れての再婚、母親は初婚だった。その後、智紀が生まれ、四人で幸せに暮らしてきた。異母兄弟ではあるが兄との仲も良好だった。

智紀は自分が悪いとは微塵《みじん》も思っていない。生まれてきた智紀には責任の取りようがなく、それは両親も十分にわかっているらしい。

けれども家庭の空気がおかしくなった理由は間違いなく智紀なのだ。

始まりは智紀が二次性徴を迎えた頃だった。子供の顔から少し大人びてきたときに、父親はある疑念を強く抱いたらしい。

智紀は両親に似ていない。父方、母方の親戚を見渡しても、似ている者は一人もいなかった。それでも子供の頃は「似てないね」と笑っていられた。大人になれば顔付きも変わるだろうと。

だがいよいよ成長してくるとそうも言っていられなくなってしまった。誰にも似ていない智紀は母の不義の子ではないか。父親はそう考えるようになり、そんな父親にしがみついた母親は、智紀の目を見て話してくれなくなった。

それでも親としての義務は果たしてくれている。父親が虐待《ぎゃくたい》するようなことはなかったし、母親が育児放棄するようなこともなかった。

ただ家庭内の空気が以前とまったく変わり、親子間の会話は不自然になってしまった。

必要最低限の会話のみで、それすら互いの目を見て交わすことはない。食事を一緒に取ることもなくなり、智紀は食べ終わるとすぐに自室に籠《こ》もるようになった。

仲がよかった兄の和志《かずし》とも、何年か前——智紀が中学校に上がった頃から、ほとんど会話らしい会話をしなくなってしまった。そもそも彼が東京の大学に行ってからは、年に一度か二度しか会わなくなっていたが、それ以前の数年間もろくな会話はなかったのだ。母親同様に目をあわせてくれず、それどころか智紀を見ると嫌なものでも見つけたように顔をしかめていた。

嫌われるようなことをした覚えはない。だからやはり和志も智紀の出生に疑問を抱き、赤の他人として——稲森家の異物として見るようになったのだろうと智紀は思っている。

そのことを考えると、気持ちはひどく重くなった。

両親のまなざしや態度よりも、兄のそれのほうがずっとつらいのだ。

智紀にとって、和志は昔から憧れの存在だった。頭がよくて、真面目《まじめ》で公正で、自分にも他人にも厳しかったけれども、嫌われることなく皆に慕われていた。

理想であり、尊敬もしていた。和志の弟であることが誇らしくもあった。いや、いまでも気持ちは変わっていない。

表情に暗い影が差したのがわかったのか、友達が気遣《きづか》わしげな顔をした。

「あ……ごめん。ちょっと頭痛くて……。今日はもう帰るね」

とっさに仮病《けびょう》を使い、智紀は大学を後にした。きわめて健康体な智紀だが、顔立ちが中性的なこともあって繊細そうに見えるらしく、この手の言い訳は昔からすんなりと信じてもらえるのだ。

家族の誰にも似ていない顔は、女性だったら「清楚な美人」という言葉が当てはまりそうなものだ。智紀自身はとてもそんなふうに思っていないが、周囲の評判はそうだった。「イケメン」ではなく「美人」なのだと友達が力説したときには、ひどくいたたまれない気持ちになったものだ。

全体的に線が細いことも一因だろう。後は手足が細いことが影響しているようだ。身長は平均的だし、標準よりもいくぶん痩《や》せてはいるが、骨が細いらしく、どうしても華奢《きゃしゃ》な印象になってしまうらしい。当然、女性のような華奢さとは違うけれども。

「はぁ……」

どうもここのところ思考が暗くていけない。実家へ帰る日が間近に迫ったというわけでもないのに、夏休みが近付いただけでこの有様なのは参ってしまう。

小さく溜め息をついたところで、バッグのなかの電話が鳴った。

建物から出る寸前だったから、邪魔にならないように脇へ寄って足を止め、もう二年以上使っている電話を取り出した。

メールだ。相手が母親だったことに、思わず眉根《まゆね》を寄せる。

いつもの様子伺《うかが》いだろう。母親の義務だと思っているのか、あるいは息子を心配する母親という立場を保ちたいのか、彼女は定期的にメールを送ってくる。ただし文面はいつも似たようなものだ。元気にしていますか。足りないものはないですか。まるでコピーペーストしたように、毎回同じなのだ。

どうせ今日もそうだろうと、溜め息をつきながら開いた智紀は、その内容を見て小さく息を飲んだ。

とうとうパンドラの箱が開くときが来たのだ。

希望なんて贅沢《ぜいたく》は言わないから、なにかが手に残ればいい。智紀はひそかにそう願った。


ある日突然やってきた来訪者は、表面上は平和で穏やかだった稲森家を、もはや元に戻しようがないほどに引っかきまわしてくれた。

嵐はまず実家の両親を襲い、次に智紀のところにやってきた。被害は甚大《じんだい》だった。

「どうぞ」

予告付きで現れた人物を、智紀は緊張しながら部屋に通した。母親のメールを受け取ってから、まだ三時間とたっていなかった。

訪問者は須田康介《すだこうすけ》と名乗った。三十歳前後の、きちんとした身なりの男だ。イケメンと呼んで差《さ》し支《つか》えない容姿ではあったが、どこか軽薄な印象が拭《ぬぐ》えず、年齢のわりに落ち着きを感じない。

一目見て、得意なタイプではないな……と思った。

智紀が暮らすワンルームマンションには、ソファなんて大層なものはない。だから食事をするときや勉強のときに使っている二人がけのテーブルに須田と向かいあって座った。

急須も茶葉もないから、インスタントコーヒーをいれて出したが、須田はまったく口を付ける様子がない。彼はひたすら智紀の顔を凝視し、目を輝かせて一方的な話をするばかりだった。

キラキラと輝いているんじゃない。ギラギラしているのが、ひどく居心地悪かった。

「そんなわけで、君のことがわかったんだよ」

須田の長ったらしい話を要約するとこうだ。彼の亡くなった親類が、かつて旅行中に智紀の母親と出会い、ただならぬ仲になった末に生まれたのが智紀……ということらしい。実の父親はすでに亡くなっていて、祖父に当たる人物がいるという。智紀を探し出すまでに何ヵ月という時間をかけ、複数の探偵を使ったと。

「君のお祖父《じい》さん……橋本隆《はしもとたかし》という人は病気でね。いますぐ……ってわけじゃないけど、治るものでもないんだ。だから、孫に会いたがってるわけ」

やけに「君の」の部分が強調されていた気がして、智紀は内心溜め息をついた。

いるかどうかもわからない「孫」を探そうとするなんて、到底理解出来ないことだ。見つかったからいいようなものの、そうでなかったら時間と金の無駄ではないだろうか。

「まだ僕がそうだと決まったわけじゃないでしょう？　なにか検査したわけじゃないんですよね？」

冷静な自分に苦笑が漏《も》れそうだった。

母親の話によると、須田は突然連絡を寄越し、電話口で調査結果を突きつけて、面会の約束を無理矢理取り付けたそうだ。昨日の今日だったにもかかわらず、本当ならば会社にいるはずの父親までも早退させて話しあいのテーブルに着かせた。その強引さに逆らえなかったのは、須田がちらつかせた企業名が、父親の会社の取引先の関連会社であったからだ。

そんなやり方を押し通す須田に、いい感情など抱けるわけがなかった。

「検査は出来ないんだ。君の父親が亡くなったのは、十何年も前でね。残念なことに、DNA検査が出来るようなものが残ってないんだよ」

「そう……ですか」

「でも、なによりの証拠がある」

須田はもったい付けるようにして、一枚の写真を取り出してきた。そうして勝ち誇ったような笑みを浮かべつつ、智紀の前に置いた。

「っ……」

一瞬、自分の写真かと思った。それほどにそっくりだった。だが服装や雰囲気、そしてよく見ると顔も智紀とは少し違うところがあった。

写真のなかの人物は中性的な美貌《びぼう》の持ち主ではあったが、智紀よりは男性的だったし、なにより表情の作り方が違う。人好きのしそうな屈託《くったく》のない笑顔は、智紀が浮かべることのない表情だった。

声もなく写真の人物――橋本英司《えいじ》を見つめる。写真は二十歳《はたち》のときのものらしい。いまの智紀とそう変わらない年だが、やはり英司のほうが大人っぽく感じる。

確かにDNA鑑定など必要はないだろうと思うくらい智紀に似ていた。

「……亡くなって……るんですよね？」

「二十二歳のときにね」

ずいぶんと短い人生だったようだ。それくらいの感慨しか浮かばない。いきなり写真一つ見せられて実の父親だと言われても情など湧かない。たとえそれが自分そっくりの顔であっても。

ただし死因は少し気になった。

「病死……ですか？」

「いや、事故。だから遺言《ゆいごん》なんかもまったくなくてね。というよりも、彼は自分に子供がいるってことを知らなかったんじゃないかな。可能性はゼロじゃないってわかってただろうけど、自分から確認しようとする人じゃなかったし」

「つまり……子供が出来るようなことをしても、その後のことを知ろうとはしない……と？」

ずいぶんと無責任な男だと思った。そもそも橋本英司なる人物が実の父親だとするならば、智紀は不倫の末に生まれた子、ということになる。すでに母親はその時期に稲森の父と結婚していたのだから。

頭が痛くなりそうだった。母親に対して思うところは昔からあったが、そこまでの人だとは思っていなかったのだ。父親に依存しているように見えて、実は裏切っていたなんて。

彼女の態度や、もの言いたげな表情を思い出し、智紀は顔をしかめた。彼女は智紀が英司の子であると確信していたのだろう。

「なんていうか……英司さんは自由な人なんだよ。でもそのときそのときで、真剣だったとは思うよ」

「……そうですか」

なんの慰《なぐさ》めにもならなかった。つまりは次から次へと恋人なり彼女なりが変わっていたという意味なのだろう。

思わず深い溜め息が出てしまった。

「それで、祖父という人物に会えと？」

「気が進まない？」

「……会うのはかまいませんけど……」

ただしその人物を祖父だと思えるかどうかは別の話だ。

智紀には祖父も祖母もいた。残念ながら父方のほうは赤の他人だったようだが、母方の祖父母は生前智紀をとても可愛《かわい》がってくれた。だからなのか、どうしても橋本の祖父に会いたい、と思えるほどの思慕は湧いてこない。

なにより智紀のなかには反発心のようなものが芽生えている。主に英司という人物の無責任な行動に対してだ。

母親が既婚者だということを告げなかったのか、知っていて関係を持ったのかは不明だが、会っていたのはほんの数日間だという。その後はまったく連絡を取っていないというあたり、最初からその場限りの身体《からだ》の付きあいを求めていたとしか思えなかった。

母親がどんなつもりで英司と肉体関係を結ぶに至ったのか知らない。知りたいとも思わなかった。はっきりしているのは、ただでさえ良好でなかった彼女との関係に、決定的な亀裂が入ってしまった、ということだろう。

英司以上に、母親に対する不快感は強かった。いっそもう嫌悪感と言ってもいいほどだ。

稲森の父が気の毒でならない。妻に裏切られ、十八年以上も他人の子を育てさせられたのだから。

「もしかして、稲森家のことを気にしてる？」

「気にするに決まってるでしょう」

「まぁ、そうかもね。でも君のせいじゃないんだし、さっさと見切りつけたら？　本来あるべき場所に戻ればいいんじゃないかな」

ずいぶんと軽く言ってくれるものだ、と思った。十八年間育った場所なのだ。複雑な思いはあったし、最近は帰りたくないという気持ちも強くなっていたけれども、家族としての情はある。

だが須田にとってはどうでもいいようだった。見知らぬ家庭がどうなろうと、彼の知ったことではないのだろう。

嫌な気分だ。こんな男についていって大丈夫なのだろうかという不安も生まれた。

それを察したのか、須田は甘い声を出した。

「少なくとも橋本家は君を望んでるよ」

稲森家と違って、と続けて聞こえた気がした。

言葉の調子とは逆に、苦いものが口のなかに広がる。

すでに両親に会った須田がこんな言い方をするということは、両親の態度や言葉も自《おの》ずと知れようというものだ。

彼らは智紀の存在を歓迎していない。十分に予想出来たことだ。そもそもこの場に両親のどちらも同席していないことが、彼らの姿勢を物語っている。

メールで告げられた「智紀のしたいようにすればいいから」というのは、つまり母親にすら智紀を手元に置いておこうという積極的な意思がないということだ。智紀に任せるという形の、放棄なのだ。

稲森家に智紀の居場所はない。戻ったところで、これまで以上に気まずい思いを皆がするだけだろう。

どうせ望まれないならば、祖父だという人物が待つ家へ行ったほうがいいのではないか。智紀が戻ろうが出ていこうが、おそらく稲森家の未来は変わらないだろう。こんな事実が発覚した以上、父は母のことを許しはしないだろうから。

東京で一人暮らしをしている兄のところにも話は伝わるはずだ。兄弟ではないと知ったら、兄はどう思うだろうか。

そこまで考えて智紀は自嘲《じちょう》した。

なんとも思うわけがない。もう何年も前からいないもののように扱われていた智紀だ。いまさら兄弟じゃないとわかったところで、兄の胸に感慨など湧くはずがない。

「東京ですよね?」

「そうだよ」

「東京の地理がわからないんですけど、橋本家があるところと文京区って近いですか？」

「は？　ああ……戸籍上の兄弟か。遠くもないけど、近くもないね。なに、会いたいの？」

「いえ」

即答はしたものの、自分の気持ちはよくわからなかった。会いたい気持ちはあるのだろうが、会ってまた冷たい視線や言葉を向けられるくらいならば……とも思うからだ。

黙り込んだ智紀を見て、須田は「そうそう」と切り出した。

「言い忘れてたけど、お祖父さんって言ってもね、君との血縁関係はないんだ」

「え……？」

「英司さんは結婚相手の連れ子だったんだよ。でもお祖父さんはそんなこと関係なく英司さんを溺愛《できあい》してた。我が子同然にね。いるかどうかもわからない英司さんの子供を探そうって思うくらいなんだから、相当だろ？　だから君は間違いなく歓迎されるよ。その顔だし」

「連れ子……」

それは智紀にとって衝撃的な言葉だった。実の子でもないのにそこまで愛情を向けられるのかと。

状況が違うことはわかっている。橋本隆という人物が連れ子の存在を知った上で結婚相手ごと受け入れたのに対し、稲森の父は妻の裏切りという精神的な被害を受けた。その結晶とも言える智紀を受け入れられないのは仕方ないのだろう。

それでも、実の子ではないのに愛情を惜しみなく注いだという人に、興味と好感を抱くことは止められなかった。

「……いいですよ。行きます」

「よかった。うん、後悔はさせないから」

「でもとりあえず夏休みのあいだだけです。その後のことは、向こうで考えます」

まずは行ってみないと、祖父がどんな人なのか、どんな環境なのかもわからない。莫大な金を使って智紀の存在を突き止めたくらいだから、かなり裕福か余裕があるか、だろうと思ってはいるが。

「いきなりだし、いまはそれで十分だよ。じゃあ、なるべく早く行こうか」

須田は具体的な話に入り、智紀はそれを黙って受け入れた。

期待と不安で、胸が押し潰《つぶ》されそうだ……と思いながら。

与えられた部屋の窓から外を眺《なが》め、智紀は小さく溜め息をついた。

橋本家へ来てから二ヵ月近くがたち、ここでの暮らしにももう慣れた。一度会ってみるだけのつもりが、ずるずると滞在が延び、夏休みが終わっても戻ることはなく、大学は休学の処置をとっている。

今後のことは未定だ。福岡に戻って大学生活を続けようとは思っていないから、こちらの大学に入り直すことになりそうだが、具体的にどこがいいと考えているわけではなかった。

生活自体は快適そのものだ。広い家――というよりは屋敷と言ったほうが相応《ふさわ》しい豪邸は庭も広く、住み込みの使用人が何人もいて、上《あ》げ膳《ぜん》据《す》え膳《ぜん》の毎日だ。洗濯も掃除もしなくていいし、時間になれば手の込んだ食事が出てくる。数ヵ月住んだアパートとは比べものにならないほどさまざまなことが充実していた。

そして須田が言っていたように、智紀は歓迎された。

古株の使用人は、智紀を一目見るなり涙ぐんでいたし、態度こそ淡々としている祖父という人物――橋本隆も、不自由を感じないようにと心を砕いてくれる。須田の言ったことは本当で、隆は義理の息子を心底愛していたのだ。

「でも父さんだって昔は……」

智紀が父と呼ぶのは、いまでもただ一人だ。もう呼びかけることはないかもしれないし、向こうも望まないだろうけれども。

実の子と信じて慈しんでくれた日々を覚えている。疑いを抱いてからも暴言を吐いたり暴力を振るったりということはなかったし、親としての責任は十分に果たしてくれた。

本当は会って話したかったが、父親が「気持ちの整理がつかない」ことを理由に断っているのだ。無理もないと思う。真面目で思いつめるタイプの彼は、事実を受け止めるので精一杯なのだろう。

「はぁ……」

溜め息をついた直後、よく知った人物たちが視界に入ってきた。

この家で暮らす二人だった。片や隆の右腕とも懐刀《ふところがたな》とも言われている男で、ここで家族同然に暮らしている。もう一人は、なんと英司のもう一人の息子、つまり智紀にとって異母兄弟となる青年だ。

異母兄弟と言えば、和志の顔が脳裏に浮かぶ。

和志から連絡はない。智紀の出生の秘密が明らかになり、稲森家との縁が切れてかなりたつのに、彼はなにも言ってはこなかった。稲森の両親がなにも伝えていない可能性もあるが、ここ数年の和志の様子を考えると、聞かされた上で流しているというほうがあり得そうだった。

（本当に僕のことなんて、どうでもいいんだな……）

和志のことを思うと、やはり胸が苦しくなる。幼い頃の憧れは、この年になってもまだ心のなかに残っているようだった。

智紀にとって「兄」というのは、やはりいまでも和志なのだ。

本当の異母兄――小坂裕理《こさかゆうり》もまた、智紀同様に調査によって見つけ出されていた。智紀よりも二つ上の二十歳だが、成人しているとは思えないほどの童顔のせいで、むしろ弟に見えてしまう。そして智紀とは違い、英司にはまったく似ていなかった。亡くなった母親によく似ているらしい。

同じように英司を父に持つ裕理だが、橋本家へ来るまでの環境はまったく違っていたという。彼は天涯孤独《てんがいこどく》の身の上で、その日暮らしのような生活を送っていたと聞いた。

須田が蔑《さげす》むような顔と口調で、聞きもしないのに教えてきたのだ。英司との親子関係が兄弟間の検査で認められる前、彼は裕理のことを偽物と決めつけ、ずいぶんときつく当たっていた。それは智紀から見ても不快で、ますます彼のことが嫌になってしまったほどだった。

だが現段階で、須田が智紀の後見のような存在であることは事実だ。裕理と共に英司との親子関係が立証されたいま、橋本家の家長である隆が智紀たちの保護者と言えるのだが、見つけ出してきた者を無視することは出来ないらしく、須田は頻繁に訪ねてきては、智紀を懐《かい》柔《じゅう》しようとしていた。

（今日は来ないといいんだけど……）

須田と会っていると、どうにも疲れてしまうのだ。彼は智紀に対してとても親切だが、智紀自身に好意を抱いているわけではない。はっきりとわかってしまうくらい、彼の言動はうわべばかりだ。

確固たる繋《つな》がりが欲しいのだろう。須田は隆の姉の孫という、いわゆる遠縁で、隆の財産を相続出来る立場にない。つまり目当ては、智紀が将来受け継ぐことになるだろう莫大な資産らしい。

近い将来、智紀たちは隆の養子になることが決まっている。本当は英司の息子なのだが、故人なので隆の籍に入ることになったのだ。

嬉しいが、気が重い部分があることは確かだった。

養子になること自体はいい。稲森の両親もそのほうが気持ちも楽だろうし、智紀としてもこれ以上彼らに――特に父親に負担をかけたくはなかった。けれども、このまま彼らに会うことなく手続きをしてしまうのは、あまりにも薄情ではないか……と思うのだ。たとえ父親が会いたくないと言ってきてもだ。

とっくに準備が整っているのに手続きが行われていないのは、智紀のそんな気持ちを汲《く》んでくれているからだった。

「いいなぁ……」

智紀の視線の先には、異母兄である裕理の姿がある。いままで外出していたらしく、智紀が窓辺で外を眺めていたら、同行者と共に帰ってきたのだ。

一緒にいる男と楽しげに言葉を交わす様子は、とても楽しそうだ。

隆の腹心である男――加堂彰彦《かどうあきひこ》は裕理の後見人でもあった。須田が智紀を連れてきたのと同じく、加堂が裕理を見つけて連れてきたからだった。

だが関係性は大きく違い、彼らはとても仲がいい。信頼しあっているように見えるし、裕理は加堂をとても頼っているようだ。そして加堂も裕理に対しては、厳しく接しつつも甘いようにしか見えなかった。

上《うわ》っ面《つら》ばかりいい須田に心を開けないでいる智紀は、裕理たちが羨《うらや》ましくてならない。

何度目かの溜め息が出た。

ここへ来て本当の兄弟を得て、血の繋がりはなくても静かな愛情を向けてくれる祖父も得た。裕理はその容姿や言動も相まって兄というよりは友達のようにしか思えないが、仲よくやれていると思う。まだ少し互いにぎこちなさがあるのは仕方ないことだろう。この年になって異母兄弟として顔をあわせたのだから、戸惑うのはむしろ当然のはずだ。使用人たちは優しく、直接話すことの少ない加堂だって智紀に好感情を抱いてくれているようだ。

それでも孤独感に苛《さいな》まれてしまうことがある。贅沢だということはよくわかっていたから、胸の内に秘めているけれども。

「居心地がいいだけでも、ありがたいよね」

少しだけ寂しいが、橋本智紀になるというのはもう決めたことだ。稲森の両親も納得しているらしい。あれから電話で一度だけ彼らと話し、智紀はすでに別れの挨拶《あいさつ》自体はすませているのだった。

目を閉じて窓にもたれ、思ったより窓ガラスが冷たくないことに気づいた。室内はエアコンで涼しさが保たれているが、日光の当たっているガラスはいくぶん熱を帯びている。

ふいにノックの音がして智紀は目を開ける。

「どうぞ」

静かにドアを開けて顔を見せたのは、家令である吉野《よしの》だった。六十歳になるという彼は穏やかな笑みをたたえた紳士だ。

彼は昔からこの家にいて、英司のこともよく知っており、智紀がここへ来たときに大層喜んでくれていた。それは裕理に申し訳ないほどの歓迎ぶりだった。あからさまに対応を変えていたわけではなかったが、吉野が裕理より智紀に重きを置いていたことは事実だろう。裕理も苦笑しつつそう言っていた。

二人とも英司の子だとわかったいまではその差もなくなったようだ。智紀の見た目はともかく、中身が英司と違いすぎているから、時間と共に冷静になったのだろう。

「お茶の用意が出来たのですが、いかがですか。裕理さんがお土産《みやげ》にタルトを買っていらしたんです。智紀さんのお好きな、グレープフルーツのタルトだそうですよ」

「あ……はい。いただきます」

自然と笑みが浮かび、肩から力が抜けた。

あれこれと思うことはあるけれども、こうやって気遣ってもらえるのはとても嬉しいし、橋本家の家族のことは好きなのだ。まだ会って間もないから探り探りなのは仕方ないだろうし、時間をかけて距離を縮めていけばいいとは思っている。

吉野について居間に下りていくと、すでに切り分けたタルトと紅茶が智紀を待っていた。そして以前ふと漏らしたことを覚えていて、タルトを買ってきてくれた裕理たちも。

「ありがとう。美味《おい》しそう」

「だろ？　値段見てビビッたけど、加堂さんがここのにしろって」

結構有名な店なのだが、裕理は知らなかったらしい。かく言う智紀も実際に食べるのは初めてだった。話にも出ていたように高いので、食べてみようと思ったこともなかったのだ。

おそらく支払いは加堂なのだろうが、選んだ裕理は得意げだ。早く食べて感想を言ってくれと、顔に書いてあった。

裕理の顔立ちは可愛らしいと言っても差し支えないもので、表情がくるくると変わって、まるで小動物のようだ。出会った頃は、もっと強《こわ》ばったような顔をしていたが、ここで暮らしているうちに表情が柔らかくなった。それはきっと智紀も似たようなものだろう。

並んで座る裕理たちの向かいに智紀は座った。幸い須田は来ていないので、気分的にもかなり楽だった。使用人である吉野が着席することはなく、かといって給仕のためにそばにいるということもなく、すぐに退室していった。ぴったりと張り付かれて飲食することになれていない智紀たちのためにそうしてくれているのだ。

「橋……お祖父さんは無理なのかな」

「寝てるんだって。午前中、俺が押しかけて話したりしてたから疲れちゃったのかも」

裕理はフォークを手に、しょんぼりとした様子でうなだれた。天涯孤独の彼は祖父という存在を初めて得たらしく、智紀から見ても微笑《ほほえ》ましく感じるほど隆とコミュニケーションを図《はか》りたがっている。隆もそれを歓迎しているようだが、いかんせん身体がついていかないようで、話したくても話せない日もあるのだった。

そんな裕理を、加堂は無言で宥《なだ》めていた。優しい言葉をかけているわけではないのだが、ぽんと頭に手を置くだけのそれに、羨ましいほどの親密さが表れていた。

（でも、この二人は特別だし……）

裕理たちのような関係になりたいわけではない。なぜならば、どう見ても彼らのあいだには甘い空気が漂っているからだ。

はっきりそう聞いたわけでもないし、それらしい現場を見たわけではないのだが、裕理と加堂が恋愛関係にあるのは間違いないだろう。さすがに確認することも出来ないので、智紀は気づかないふりを決め込んでいるが。

「智紀？」

「あ……ごめん。ちょっと見とれてた。食べるのもったいないくらい、きれいだよね」

「うん。けど、食うよ」

「僕だってちゃんと食べるよ」

くすりと笑い、智紀はタルトを口に運んだ。グレープフルーツの甘みと苦みが広がり、タルトやクリームの控えめな甘さを後から感じた。

「うん、美味しい」

「グレープフルーツって、ピンクのも黄色いのも味は変わらないんだな。うん……美味い。これだったら加堂さんも大丈夫じゃね？」

「ああ」

甘いなぁ、と智紀は苦笑した。タルトよりもはるかに二人の雰囲気は甘い。隠そうとしていないのか、それとも滲《にじ》み出てしまうのか、この様子では気づいているのも智紀だけではないだろう。

大丈夫なのかと冷や冷やしてしまう。そつのない加堂がこうも堂々としているのだから、きっとバレても問題はないのだろうけれども。

三人でのティータイムは三十分ほどで終わり、まず慌《あわ》ただしく裕理が居間を出ていった。彼はここへ来てからコツコツと勉強をしているのだが、加堂に課せられたノルマが終わっていないらしい。

「あんなに楽しそうに勉強する人も、滅多にいないですよね」

思わず呟《つぶや》くと、加堂は無言で同意した。

家庭の事情で大学進学を諦《あきら》めた過去がある裕理は、だからこそ学ぶということに対して貪《どん》欲《よく》だ。来年から専門学校か大学へ通いたいらしく、勉強にも熱が入っている。彼を見ていると、智紀までやる気が出てくるのだ。

「……僕、やっぱり再受験します」

「転学を受け入れてくれるところも、探せばあると思うが……」

「かもしれないですけど、受験でいいです。リスタートって感じがするし」

その頃には名前も変わっているはずだ。気持ちも現在よりずっと落ち着いて、橋本智紀としての人生を歩んでいけるだろう。そのためには転学より再入学をしたほうがよさそうな気がした。

「裕理が喜ぶな」

以前から裕理には転学の意思があるかどうか尋ねられていたのだ。出来れば自分も同じところへ行きたいという気持ちがあったらしい。二つ下の弟と同学年になるとか、場合によっては下になるということも気にしていないようだった。

一年以上もその日暮らしの生活を送っていた裕理だが、高校までの成績は良かったらしく、みるみるブランクを埋めつつあるという。加堂の客観的な見立てによると、このまま年明けまで努力を続ければ希望の大学にも入れるだろうということだった。

「後でちゃんと話しあいますね」

「ああ」

智紀は頭を下げ、居間を出ていこうとした。思いがけず背中に声がかかったのは、廊下へ出るか出ないかというところだった。

振り向くと、加堂も少し遅れて居間を出ようとしていた。

「とりあえず、わたしと裕理のことは傍観していてくれないか」

「え？」

「気づいてるんだろう？」

具体的なことは口にしなかったが、言わんとしていることはわかった。彼らの恋愛関係についてだ。

智紀はぎこちなく頷《うなず》いた。

「は……はい……」

「助かる。裕理はバレていないと信じているからな、そう思わせておきたいんだ」

「なぜですか？　僕が知っていると、なにか不都合でも……」

「ああ、違う。わたしの都合だ」

「都合……？」

「君が知っているとわかったら、この屋敷でセックスさせてもらえなくなるだろう?」

「なっ……」

生々しい発言に思わず言葉を失い、一瞬遅れてカッと頬《ほお》が熱くなった。

彼らが恋人同士だということは気づいていたが、深くは考えていなかったのだ。あえて考えないようにしていたとも言えた。

固まる智紀の肩を軽く叩《たた》いて加堂はどこかへ行ってしまった。無理をして裕理との時間を作っているらしいが、本来の彼はかなり忙しいのだ。病床にある隆の代わりを務めたり、会社とのあいだに入って動いたりと、肩書き以上の仕事をしているのだと裕理が言っていた。

「はぁ……」

加堂の姿が完全に見えなくなると自然と大きな溜め息がこぼれた。

ティータイムの終わりを察した吉野とメイドがやってくるのに気づき、表情を取り繕って軽く頭を下げてから自室へ戻る。逃げ帰るような気分だった。

「からかわれたのかな……」

思い返してみるとそうとしか思えなくなった。なにも堂々とあんなことを告げる必要はなかったはずなのだ。問いかけたのは智紀だが、加堂ならばいくらでもごまかすことが出来ただろうから。

手の上で転がされている、と以前裕理がふくれていた理由がわかってしまった。あの調子で日常的にからかわれているに違いないと。

それすらも楽しそうで、少し羨ましいのだが。

裕理たちとは、夕食のときにまた顔をあわせることになる。そのときに変な反応をしてしまわないようにしなくては。

「……うん、大丈夫」

よし、と頷いて、あることに気がついた。

同性愛に対して嫌悪感がない、ということに。以前から察していたこととはいえ、本人の口から肯定されても――しかもセックスという言葉を使われても当たり前のように受け止めていた自分がいるのだ。動揺したのはその手のことに耐性がないからで、男女間の話でも同じ反応をしたことだろう。

（あの二人のビジュアルのせいかな）

見目のいい二人だから、抵抗感がなかったのかもしれない。特に裕理は美少年と言っても差し支えない容姿で、同性とくっついていても違和感がきわめて少ない。思っていたよりも自分は柔軟らしいと思いつつ、智紀は机に向かおうとした。

そのとき、何日も鳴っていなかったスマートフォンが着信を知らせて鳴り始めた。

「え……」

表示されたのは「兄さん」という文字だった。

まさかの思いに、手が動かない。早く出なければ音が鳴り止んでしまうとわかっているのに身が竦《すく》んでどうにもならなかった。

本当に和志なのだろうか。ずっと無視してきたのに、どうして電話なんてかけてきたのだろう。メールではなく、通話を求めているのだろうか。

(番号……ちゃんと登録してたんだ……)

てっきり智紀の番号やアドレスなどは消してしまったと思っていた。まだ仲がよかった頃から現在に至るまで、智紀は番号もアドレスも変えていない。携帯電話の契約者が稲森の父から隆に移ったいまでもそうだった。

ちなみに事情は出来るだけ説明したくないので、友人たちには母方の遠縁の養子になったということにしてある。

電話を見つめているうち、諦めたのか音は鳴り止んだ。そうして間もなく、今度はメールの着信音が聞こえた。

恐る恐る電話を手にした。開くためには勇気が必要だった。

深呼吸してからメールを開き、その素っ気ない内容に安堵《あんど》の息を漏らした。和志は「話したいことがある。会えないか?」とまず問いかけていた。その後に続いた説明によると、つい先日二年間の留学から戻って、智紀が異母弟ではなかったことと、橋本家の養子になることを知ったという。つまり連絡がなかったのは、こちらで起きたことを知らなかったためらしい。

「よかった……」

和志の真意は不明だが、少なくとも智紀は「どうでもいい人間」ではなかったのだ。それだけでも嬉しかった。

すぐに電話を返したら、故意に取らなかったことが知られてしまいそうに思え、三十分くらいたった後、和志が事実をどこまで把握しているのかを問う返事を出した。久しぶりの連絡が嬉しかったことも添えたが、会えるかという質問に対する答えは打たなかった。

送信してすぐに電話がかかってきた。今度は少しの躊躇《ちゅうちょ》だけで通話ボタンを押すことが出来た。

「……はい」

『智紀か？』

「う……うん」

懐かしい声に涙が出そうになる。電話越しとはいえ、やや硬質なその声は昔と変わっていなかった。まだ智紀と仲が良かった頃に聞いていた声だ。

昔の光景が脳裏に浮かんだ。なんの疑いも抱かずに幸せだった頃や、多少ぎこちなくなってからも優しかった和志とのやりとり。もう戻れないと思っていただけに、こうして和志の声を聞くと震えそうなほど嬉しくなる。

『元気か？』

「うん」

『……返事、してくれてありがとう』

ただの返信に礼を言われるとは思っていなかった。つまり和志は智紀に拒否されることも考えていたわけだ。

数年前からの態度のことなのだろうか。その理由は不明なままだが、急に態度が軟化したのは、和志のなかでなにかが変わったということなのだろうか。

それを尋ねる勇気はなかったけれども。

「こっちこそ……遅くなってごめん」

『おまえが謝ることはなにもない。悪いのは俺だ』

「兄さん……」

もう違うとわかっていたはずなのに、口をついて出てきたのはやはり呼び慣れた呼称だった。

言ってしまってから、智紀は困惑した。だがほかにどう呼んだらいいのかわからないし、言い直すのも変に思えて口をつぐんだ。

聞こえてきたのは小さな嘆息と、意外なほど強い言葉だった。

『もう兄じゃない』

きっぱりと言い切られ、智紀は言葉を失う。

もう兄でも弟でもない、ということなのか。確かに血の繋がりはなかったことが鑑定ではっきりしてしまったし、もう戸籍上でも赤の他人になるのだ。それでも和志の口から強い口調で言われてしまうと、足元がぐらつくような衝撃に襲われた。態度が軟化し、謝罪もしてくれた後だけに、動揺は小さくなかった。

そんな彼にかまうことなく和志はさらに言う。

『俺のことは名前で呼んでくれ』

「……名前……？」

『名字で呼ぶのも、変だろ？』

「うん……」

稲森さん、なんてとても呼べない。十八年間も自分の姓でもあったのだから、違和感以上に抵抗感が強かった。

だからといってすんなりと名前で呼ぶことは出来ない。それこそ違和感が強すぎた。

『それで……会ってくれるか？　智紀もいろいろ聞きたいことはあるだろうが、直接話したいんだ』

「……うん」

『後、誤解のないように言っておく。きっと俺がおまえを疎《うと》んでいるように思っていたかもしれないが、違うから』

「違うの……？」

　じゃあなんで、と続けそうになったが、それは呑《の》み込んだ。きっとこのあたりも含めて、直接話したいのだろうから。

『違う。むしろおまえのことは誰よりも大事に思ってる』

「あ……」

　嬉しくて言葉にならなかった。胸が詰まるような思いというのはこういうことを言うのだと知った。

　それからなかば強引に約束を取り付けられそうになったが、智紀はその場では決めず、希望日だけ預かって電話を切った。元の家族に会うのだから、やはりそこは隆に断ってからのほうがいい気がしたのだ。

　日付をメモした紙を見つめる。早い日で明日、それから数日置きに五日ほど挙げられた。これ以外でも智紀の都合に合わせるとまで言っていた。

　自然と笑みがこぼれた。

　完全にとは言えないが、憂いはある程度取り除かれた。稲森家への執着のほとんどは和志に対する思いだったのだから。もちろん父親への情はあるが、それは感謝の気持ちが大きい。思慕とはまた違うものだ。

智紀はメモを握りしめ、裕理の部屋へ向かった。本当はすぐ隆に会って相談したかったのだが、この時間は眠っていることが多いから、夕食時にしようと思った。

ノックをして返事を待ち、部屋に入る。さっき勉強すると言っていた通り、裕理は机に向かってテキストを広げていた。

彼は智紀を見て、不思議そうに小首を傾げた。

「勉強の邪魔してごめん」

「いいけど……なんかいいことあった？」

「あった」

やはりわかってしまうようだ。智紀としては普段通りの振る舞いをしているつもりだったのだが、いまは感情が抑え切れていないらしい。

「さっき兄から……稲森の兄から連絡があったんだ」

「え、っていうと、避けられてたっていう……？」

とっさに「兄」という言葉を使ってしまった智紀だが、実の異母兄である裕理は微塵も気にしていなかった。天涯孤独の彼は唯一の肉親として智紀と兄弟だったことをとても喜んでいたが、それは和志の存在を意識するようなものではないらしい。

智紀はほっとしつつ大きく頷いた。

「嫌われてなかったんだ」

自然と顔がほころんだ。一番最初に裕理のところに来たのは、隆が休んでいるという理由もあったが、やはり誰かに言いたかったからだろう。そしていまの智紀には、感情のままにそれを言える相手は裕理しかいなかった。

わずかに頬を紅潮させていると、裕理がくすりと笑った。

「可愛いなぁ」

「え……」

微笑む裕理が不思議と人人っぽく見えた。もともと童顔だし、普段はよく変わる表情のせいかことさら幼く見えるのだが、やはり彼は大人なのだと思った。智紀などよりずっと苦労して生きてきたのだ。

そうは思っても戸惑ってしまう。智紀は顔立ちもさることながら、立ち居振る舞いも落ち着いていると言われ、大人っぽいと表されることが多かったからだ。ただし周囲のその評価が間違っていることは智紀自身が一番よく知っていた。見た目や言動ほど自分は大人じゃないと、昔からよくそう思ってきた。

「か……可愛くはないと思うけど……その、ちょっと子供っぽかった？」

「子供っぽいわけじゃねーってば。可愛いの！　やべー俺の弟、超可愛い」

「裕理……っ」

「よかったじゃん。兄貴のこと、気にしてたんだろ？」

「う、うん……」

多くは語っていないが、和志に疎まれたらしいことや、何年もまともに口をきいていないことは話してあったのだ。なるべく淡々と語ったつもりだったが、かなり気にしていたことはバレていたらしい。

「会って大丈夫かな」

「それって祖父さん？　別にいいんじゃね？　急いで養子の手続きしちゃいそうだけどさ」

けらけらと笑う裕理の言葉が現実になるなんて、そのときは思いもしなかった。


和志から連絡をもらってわずか五日後。

これから和志が橋本家へやってくる。隆に話した結果、場所は家で……と指定された。ただし彼自身が立ち会うことは体調不良で不可能となり、代わりに裕理と加堂が同席することになった。ちなみに須田は外された。彼がいるとややこしくなることは誰でもわかっていたし、今回の件を知らせないことで、暗に彼が「部外者」であると示す意味もあるようだった。

そして裕理の言葉通り、隆は和志の話をしてすぐに養子縁組の手続きを進めさせた。もともと様子を見て、ということになっていたので書類関係は整っており、あっという間に智紀たちの姓は橋本になった。智紀の小さなわだかまりも、勢いと和志との面会という大きな出来事に流された形になった。

「可愛いとこあるよな、粗父さんって」

「まぁ……うん」

隆は普段にこりともしない、一見気難しそうな人だ。そんな彼が英司を溺愛していたなんて、なかなか想像出来なかったのだが、今回のことで納得した。どうやら静かに暴走するタイプのようだ。

「智紀を連れ戻しに来るみたいに思えたのかな」

「会うだけなのになぁ……」

「ちょっと楽しみー。あ、ある程度したら俺たちは退散するからさ。部屋でゆっくり話したいだろ？」

「……まだわからないけど……」

電話での様子ならば問題はないだろうと思いつつも、どこか身がまえてしまっているのも事実だった。以前と同じように冷たい態度を取られたら……と思うと身が竦んでしまう。

いつの間にか裕理は窓辺に行き、外を眺めている。居間からはわずかだが門が見えるからだろう。

「まったく落ち着きのない……」

やれやれと溜め息をついている加堂が、その口ぶりほど呆《あき》れていないのは明白だ。むしろそんな裕理を愛《いと》おしげに見つめている。

いつものこととは言え、少しばかり困ってしまった。漂う甘さにはいくぶん食傷気味なのだった。

「胸焼けしそうです」

「それはすまなかった」

心にもないことを言い、加堂はゆったりと足を組み替えた。これ以上はなにも言えず、智紀は苦笑いをして裕理を見つめた。

「あ……来たかも」

そんな声がしたかしないかのうちに、使用人たちが動き出す気配がした。門の脇についているインターフォンは、家人たちに聞こえるほど大きく響くことはない。基本的に応対するのは使用人たちだからだ。

先触れのように吉野がやってきた。

「稲森さまが、お見えになりました」

「は……はい。お願いします」

約束の時間の少し前だ。相変わらず時間には正確らしい。

間もなくして、一度下がった吉野に案内されて和志が現れた。きちんとスーツを身に着けたその姿は、彼をまるで初めて会う人のように見せていた。

整った顔は相変わらずだ。昔から大人びていて、ずっと実年齢よりも上に見られていたが、ようやく実年齢が外見に追いついてきたと言える。それでもまだ、二十代なかばには見えた。

身長は加堂と同じくらいだろうが、和志は目立つタイプではない。眼鏡のせいもあってインテリっぽい印象が強く、表情があまり変わらないせいで冷たそうにも見える。

それでも容姿では負けていないと智紀は思っている。ぱっと目を惹《ひ》くわけではないものの、一度目を留めてしまえばその顔立ちとスタイルのよさに驚く、というようなタイプなのだ。

最後に会ったのはもう一年も前だ。そのときすでに和志は成人していたから、現在と比べて大きく変わったようには見えなかった。だが雰囲気は変わったと思う。より落ち着いた大人の顔になって、初めて訪れる家でも実に堂々とした立ち居振る舞いだ。

「お……お久しぶり、です……」

とっさに立ち上がった後、口をついて出たのはなぜか他人行儀な丁寧語だった。緊張のせいもあったし、和志の雰囲気のせいでもあった。

気分を害するかと思ったが、和志の表情は変わらない。むしろ裕理が驚いたように智紀を見つめていた。そういう兄弟関係だったのかと誤解して目を丸くしているのだ。

「ち、違うからっ……普通だから！」

「うわ、すげぇテンパってる」

「とりあえず、座ったらどうだ？　稲森さんも、どうぞおかけください」

見かねたのか加堂が口を挟んできた。隆の代理として、客を迎えるという意味もあるのだろう。

センターテーブルを囲むようにしてソファがあるので、智紀たちはコの字を作って座った。裕理と加堂が並んで座る形で、向かいに和志が座る。

「足を運ばせてしまって申し訳ありませんでした。同席するのは橋本のたっての願いだったんですが、お伝えしたように体調を崩《くず》してしまいまして、わたしが代わりに立ち会わせていただくことになりました」

差し出した名刺を受け取り、和志はざっと目を通した。表情はまったく変わらない。加堂のことは「祖父の腹心の部下で、橋本家にとっても身内のようなもの」とだけメールで説明しておいたのだ。

無感情な目で和志は加堂を見て、静かに頭を下げた。

「稲森和志と申します。こちらこそ無理を聞いていただき、ありがとうございました」

「無理というほどのことではありませんでしたよ」

加堂の言葉は社交辞令ではなかった。和志が智紀に会うに当たって頼んできたのは、今回のことを稲森の両親に伝わらないようにしてくれ、というものだった。両親は和志と智紀が会うことを歓迎しないだろうから、というのが理由だ。それは智紀も同感だったので、このことは伏せてある。もっともこちらから言わなければ、九州にいる両親が知ることはないだろうが。

簡単な挨拶の後、和志は手土産を加堂に渡した。さすがにそつがない。学生らしく、あまり高額ではなさそうな焼き菓子というあたりが、またよく考えられている。手土産としての体裁が整い、かつイヤミではない線なのだ。

受け取った加堂の横で、裕理がそわそわしていた。どのタイミングでしゃべったらいいのか、測りかねているらしい。

加堂の視線が智紀に向けられた。「肉親」として、裕理を和志に紹介しろ、と無言で告げているのだ。

「あの、兄さ……」

言いかけて、はっと息を飲む。先日はっきり言われたのに、また癖で呼んでしまった。しかも今度は裕理の前で。

気まずい思いでいると、和志が小さく嘆息した。

「このあいだも言っただろう?」

「……わかってるんだけど……」

ただの癖だと断じることは出来なくて、智紀の口調は重たいものになった。智紀のなかには、和志の拒絶を疑う気持ちが払拭《ふっしょく》しきれていないからだった。

ちらりと和志の顔を見ると、彼は苦笑を浮かべていた。その目にはやや呆れているような色はあるが、それ以上に優しさがあるように思えた。

「なにも兄弟として過ごしたことを否定してるわけじゃないんだ。ただ実のお兄さんがいるんだしな」

「うん……」

「紹介してくれないか」

「あ……えっと、裕理……です。僕より二つ上なんだ」

兄だった人に、実の兄を紹介するというのも、かなり妙な事態だろう。裕理もかなり身を固くしていた。彼にしては珍しい反応だ。

「ど、ども……じゃなくて、初めまして。橋本裕理です」

「ああ……養子になったんでしたね。二人とも」

そのことはもちろんメールで知らせた。そのときの返事は「わかった」という短いものだったので、和志がどう感じているかまではわからなかったのだが、いまの様子を見る限り、否定的な感情はないように思えた。

「わたしが言うのもおこがましい話ですが、智紀をお願いします」

口調と言葉の内容に違和感を覚え、智紀は視線を落とす。大人として、普段の口調でないことは仕方ないとしても、もう身内ではないという態度には胸が痛んだ。

対峙している裕理は動揺が激しくて、智紀の様子に気づく気配もなかった。

「は、はい。それは、もちろん……あっ、けど俺、兄貴って言っても、ほんとにただ二年早く生まれたってだけで、全然たいしたこと出来ねーと思うけど……」

「近くにいてくれるだけでいいんです」

「そ、そうかな……あ、でも俺の分は祖父さんとか加堂さんが、ちゃんとしてくれるから大丈夫……！」

隆や加堂への全幅の信頼だ。特に加堂のことは頼りにしているのだろう。

それにしても裕理の様子が変だ。和志とはあまり目をあわせようとせず、少し視線が泳いでいた。

「それと、俺にはタメ口でいいです。年下だし……」

「わかった」

和志が了承すると、裕理はあからさまに肩の力を抜いていた。まだ硬さや緊張状態は強く残っているものの、多少は楽になったようだ。

「わたしにも普段通りでかまいませんよ」

「いや、さすがにそれは」

「では最低限という感じで。俺も素で話すことにする」

「……わかった」

吉野がお茶を運んでくると、裕理は少しリラックスした様子になった。空気が変わったことが良かったらしい。

その吉野が下がってすぐに、加堂は家長代理として口火を切った。

「ところで、ご両親からはどんな説明を？」

「詳しいことは、あまり。七月にこちらの方が訪ねてきて、智紀が父の子ではないと告げられた……と。稲森家としては、智紀の意思を尊重して、橋本家に返すことにしたのだと言っていましたが」

「ああ、一つ訂正を。そちらに伺った者は、橋本家の者じゃない。遠縁の者だ」

加堂は隙《すき》のない笑顔だが、声の調子はむしろ冷ややかだ。それだけでも和志には、遠縁の者——須田の立ち位置というものが察せられたことだろう。ましてこの場にいないのだ。

「なるほど……」

「で、智紀くんはすでに橋本姓になっているし、この家で暮らすことも決めている」

「大学は……？」

和志に視線を向けられ、智紀は重い口を開いた。稲森家に出してもらった学費を考えると、稲森の両親にとても申し訳ない気持ちになってしまう。もちろんここまで育ててもらったこともだ。

実の子として慈しんでもらった日々は思い返してみても愛おしかったし、疑いながらも親としてここまで育ててくれたことにも感謝している。

そんな二人を、一度も会わずに捨ててきてしまったようなものなのだ。それが向こうの希望だったとしても。

「こっちに移ろうと思ってる」

「そうだな。それがいいんじゃないか」

「なんか……申し訳ない気もするんだけどね」

「おまえが気にすることじゃない。情より血を取った人なんだ」

「そんな……」

突き放したような言い方が気になった。冷静な口調と言えばそうだが、どこか棘《とげ》があるように感じられた。

稲森と和志の関係はけっして悪くなかったはずだ。特別仲がいいと感じたことはなかったが、それは父と息子としてはよくある距離感だったように思える。

「なにかあった……？」

「別にないよ。ただ……もうおまえに関わるなと言われたのが、腹に据えかねただけだ」

「え、あったんじゃん」

ぼそりと裕理が呟いた。口にしなかっただけで智紀も同感だったので、思わず大きく頷いてしまう。

だが和志は軽くかぶりを振った。

「言い争ったわけじゃない。あの人たちは俺が智紀に興味がないと思ってるからな」

暗にそうではないのだと和志は言う。以前ならば、にわかには信じられなかっただろうが、いまは納得出来た。こうしてわざわざ会いに来てくれたことや、冷静ながらも親愛の情がこもった目を向けられれば当然だ。

ただし、いまだに理解出来ていないこともある。数年にわたる素っ気ない――というにはあまりにも冷たい態度の理由だ。今日これから話してくれることになっているが、それはきっと二人だけになってからだろう。

「つまり、稲森さん……和志くんは、智紀くんに対して変わらぬ愛情を抱いているし、いかなる場合も情を取る……と？」

なにか思うところがあるらしい加堂が口を挟んできた。いささか皮肉めいた口調なのは気のせいじゃないだろう。

和志はじっと加堂を見返した。動揺している様子は微塵もなかった。

「血を選ばなければならないこともあると思いますが」

「たとえば？」

「倫理的な問題に抵触する場合……かな」

「なるほど。それで、和志くんは今後も継続して智紀くんと会うことを望むのかな？」

「当然です」

「ここ数年は距離を置いていたそうだな。どういう心境の変化で、急に接触を？　穿《うが》った見方をすると、智紀くんが莫大な資産を受け継ぐから……とも思えてしまうんだが……」

「加堂さん……っ」

智紀と裕理の声が重なった。まったく同じタイミングとトーンだったことに、互いに一瞬驚いて顔を見あわせてしまったが、すぐにまた加堂に視線を戻した。そのタイミングすら同時だった。

加堂は涼しい顔をしているし、和志も表情は変わっていなかった。それどころか和志は大きく頷いた。

「そう思われても仕方ないですね。ただ、加堂さんはそう思っていませんよね？」

「わたしの役目は橋本家の者と財産を守ることだ。当然警戒はしているよ。現に智紀くんは、財産目当ての輩《やから》に目を付けられているんでね。でも君はそういう意味での心配は必要ないようだ」

加堂の言葉に智紀はほっとした。どこまで本心かは不明だが、仮に疑っていたとしても時間をかければ信用してもらえるはずだと智紀は確信していた。

むしろ和志のほうが気遣わしげな様子になった。財産目当ての輩……という言葉に反応しているのは間違いなかった。

「智紀にだけ、ですか？　裕理くんには……？」

「裕理を見つけて連れてきたのはわたしだし、裕理は天涯孤独の身の上だ。うるさく言う者はいない。智紀くんの場合は……彼を見つけた須田と、その実家がね」

「そういうことですか」

苦い呟きになるのは当然だ。なにしろ須田はいきなり稲森家を訪問し、事実を暴露したのだから。

「こちらの調査では智紀くんを発見出来なかった。おかげでそう強くは出られないんだ」

「恩に着せてくる、ということですか」

「智紀くんの後ろ盾《だて》のつもりらしいからな。そんなものは必要ないんだが、決定的な失態もないので、なかなかね……」

「こんなことを言うのは不謹慎だと思いますが……もし橋本隆さんが亡くなった場合、トラブルは起きないと断言出来ますか？」

「相続問題という意味でなら、ないな。断言してもいい。権利があるのはこの二人だけだし、彼らの関係は非常に良好だ。そもそも二人とも遺産には興味がないんだよ。智紀くんについては、和志くんも納得出来るかと思うが？」

「ええ、もちろん」

「裕理に関しては、わたしが確信している。この子は金や名誉よりも、肉親……家族を求めているのでね」

甘さすら含んだ声を聞いて、智紀は内心はらはらしてしまった。隠そうと思っていないのか滲み出てしまうのか、加堂の言葉や視線からは裕理への愛情が漏れてしまっている。和志が気づかないはずはなかった。

その和志はなにも言わず、得心したような様子を見せていた。

「大学も、智紀くんと一緒に通いたくて仕方ないようだし」

「そこまで言わなくてもいいじゃん！」

顔を赤くする裕理はやはり可愛いと思った。感情がストレートに出るところを本人は欠点だと思っているが、智紀からすれば微笑ましいし好感が持てた。

和志も同様に思ってはくれないだろうかと彼を見ると、なにやら難しい顔をしながら考え込んでいた。

「智紀もそのつもりか？」

「えーと……うん。また受験勉強しなきゃだめだけど」

せっかく受験生という立場から解放されたのに、また逆戻りかと思うと少しだけ気が重い。けれども昨年度のプレッシャーとは比べものにならなかった。私立でもいいと感じているせいかもしれない。稲森智紀だったときは、自分の微妙な立場もあって、親に極力負担をかけないように、と常に考えていたからだ。

「予備校に行くのか?」

「うーん……」

「家庭教師を考えてる」

きっぱりと加堂が言い切った。理由はなんとなくわかっていた。意外と過保護な彼は、出来る限り裕理を目の届くところへ置いておきたいらしい。大学生活については仕方ないと考えているようだが、智紀と同じところへ通うのを歓迎しているのも、学内に身内の目があると安心だからなのだ。

「もしまだ決まっていないようでしたら、俺はどうでしょうか。家庭教師のアルバイトをした経験もありますし、時間もあります」

留学から戻ったばかりの和志は秋から大学院生となることが決まっている。院で法律を学びながら司法試験を受け、将来的には弁護士になるつもりらしい。

和志の成績はきわめて優秀だ。在籍している大学も家庭教師をするのにこれ以上はないところのはずだ。

「なるほど。それはいいかもしれないな……裕理はどう思う?」

「あー……うん、智紀がいいなら、それで」

ややためらいがちに、ちらりと視線を向けられた。

智紀には即答出来なかった。もちろん嬉しいとは思うが、引っかかることがあるのも確かだった。

「でも母さんたちが知ったら……」

「あえて言う必要もないだろうし、さっきも言ったがおまえが気にすることじゃない。生まれたおまえには、なんの責任もないんだからな」

暗に母親が責められているのは仕方ないことだろう。すべては彼女の不誠実さ、あるいは弱さが招いたことなのだから。

智紀は頷いた。これで和志が家庭教師に来ることは決まった。

その後は具体的な日程や時間、見て欲しい教科や目指す大学、学部などをいろいろと話し、三日後からということに決まった。給与に関しては加堂と二人で話しあいをするという。

「あ、祖父さんに言わなくていいのかな」

「そのあたりも含めて一任されている」

「ふーん、そうなんだ。っていうか、織り込みずみかぁ……」

「須田の報告書に和志くんのことも記載されていたからな」

「怖いな。どこまで調べられたんです？」

「さすがに留学先までは追わなかったようだが、成績くらいはざっとね。悔しいが、あれが雇った探偵は優秀らしい」

「俺は問題ないと判断されたわけですね」

「そう思ってくれていい」

どこか意味ありげな言葉に思えたが、追及するつもりはなかった。個人的にはあまり加堂と関わりたいと思っていないからだ。悪い人ではないし、信頼もしているが、なんとなく彼は苦手なのだ。

それから一時間ほどして和志は帰ることになった。

裕理たちは居間で別れを告げ、吉野は玄関までついてきた。そして智紀は門まで見送りに出ている。

「会えて嬉しかった。ありがと」

「それは俺のセリフだ」

「なんかちょっと、変な気持ちなんだけどね」

ことさらゆっくり歩きながら、門へと向かう。広い家だとは言え、距離としてはたいしたことはないから、どうしても歩調は遅くなった。名残惜しさもさることながら、まだ聞きたいことがあるからだった。

「変？」

「だって兄弟じゃないわけだし……けど、友達っていうのも……なんだか違う気がするし。裕理も兄さんって感じはしないけど、なんていうか……仲のいい従兄弟みたいな感じで落ち着いたんだ」

「従兄弟、か。俺たちはいまさらだな」

「だよね……」

新たな関係は模索していくしかないのだろうと、智紀は小さく頷く。ここで考えてみたところで仕方ないのはわかっているのだ。

門のところまで来ると、思わず足を止めた。

「あのさ……それで結局、僕のこと避けてたのはなんで？」

和志も立ち止まって振り返り、まっすぐに智紀を見つめた。忘れていたわけではなく、タイミングを待っていたのだと、その様子からわかった。

ふっと息をついてから彼は言う。

「ようするに……俺の勝手な都合なんだ。おまえはなにも悪くない」

「都合って？」

「……精神的な問題だ。あの頃は特に余裕がなくて……近くにいたら、間違いなくおまえを傷つけてた」

「そんなことがあったんだ……」

本人の口から苦しそうに告白されても、智紀には信じられないことだった。そのくらいに、智紀から見た和志は完璧だったからだ。

だが冷静に考えれば当然だった。いくら大人びていても、欠点などないように見えても、十代の少年だったのだ。精神的に揺れたり悩んだりするのは、むしろ普通のことだし、コントロールが上手くいかないことだってあっただろう。

「全然気づかなかった……もう大丈夫なんだ？」

「あの頃ほど子供じゃないつもりだし……事情も変わったからな」

「え？」

「いや、こっちの話。じゃあ、また来週」

「あ……うん」

ひらりと手を振り、和志は門から出ていった。外へは出なくていいと言われていたから、その通りになかから見送る。

和志の姿はすぐに見えなくなってしまった。

結局具体的な理由は聞けずに終わってしまったが、これからは週に三度は会えるのだ。機会などいくらでもあるだろう。

自然と頬が緩んでしまう。昔のように優しい和志と一緒にいられるなんて夢のようだ。かつて望んだ形——家族という繋がりはなくなってしまったが、嬉しいことには違いなかった。

足早に家のなかへと戻り、まっすぐに自室へと向かう。

そのとき、少し遠くから声が聞こえてきた。

「大丈夫かなぁ、俺……」

「苦手か？」

離れへと続く廊下からだった。

「んー……あの和志って人、なんか怖くね？」

思わずぴたりと足が止まってしまった。聞こえてきた裕理の言葉は溜め息まじりで、居間での彼の様子が脳裏に浮かんできた。

挙動不審気味だったのは、和志が怖かったからなのだ。やけに硬くなっているとは思っていたが、まさか「怖い」からだとは思ってもいなかった。

思わず視線を向けると加堂の背中が見えた。裕理はその隣で、やや俯《うつむ》きながら歩いているところだった。

不意に加堂が振り返った。

「早かったな」

「は……はい……」

「え、うわっ。ごめん！　いまの聞こえちゃった……っ？」

「うん、まぁ」

裕理は心底慌てているといった様子ではなかった。聞かれて困るほどのことでもないのだろう。

「なんか身内の悪口みたいになっちゃってごめんな」

「和志くんが厳しそうだから、逃げ腰なんだろう」

「う……うん……や、俺ってブランクあるし、バカだと思われたらやだなって……家庭教師なんて、初めてだし。実は塾も行ったことなかったし」

しどろもどろに呟く裕理だが、彼の学力は低いほうではない。ブランクは確かにあるが、それを埋める勢いで熱心に勉強しているのを智紀は知っている。

「あのタイプって、自分にも他人にも厳しいんだろうなっと思ってさ」

「それは正しいかも。けど、怖い人じゃないよ？」

「うん」

「保証する。取っつきは悪いかもしれないけど、優しい人だから。裕理が真面目に勉強していれば、怖いことなんてないよ」

愛想がいいとは言えないし、当たりが柔らかいというわけでもない。学生時代の彼は違反者などには容赦《ようしゃ》がなかったから、一部ではとても恐れられていたらしいが、四角四面というわけでもなかったので、教師だけでなく生徒からも信頼が厚かった。人望があったということだ。

「そっか……いや、なんかさ、ああいう真面目そうな人は、俺みたいのはダメなんだろうな、とか勝手に思っちゃったから。加堂さんだって最初はゴミ虫見るみたいな目だったもん」

「被害妄想だ。そこまでは思ってなかったぞ」

「まさか、兄さんってそんな感じで裕理を見てたわけじゃないよね？」

それとも気づかなかっただけで、蔑むような目でもしていたのだろうか。心配になって尋ねると、裕理はかぶりを振った。

「んーと……あれだよ、あれ。こんなのが智紀の兄貴か……的な、ちょっと含みのある目をしたっていうか、威嚇《いかく》するみたいな？　や、俺がそう思っただけで、たぶん智紀のことが心配だったんだと思うけどさ」

「心配……？」

「新しい兄貴にいじめられてないか……とか」

「ええ？」

そんなはずはないが、和志は裕理のことをまったく知らないのだから懸念を抱いても不思議ではなかった。状況だけ考えたら、むしろ心配するのは当然だろう。二十歳と十八歳の異母兄弟が、ほぼ同時に資産家の家に養子に入ったのだから。たまたま裕理が金や権力といったものに興味がなかっただけで、もし須田のような人間だったら智紀はこんなに暢気《のんき》でいられなかったはずだ。

「でもそのへんも、ちゃんと説明したんだけど」

「自分の目で確かめたかったんだよ、きっと」

「なんか、ごめん」

「俺だってあの人……和志さんの立場だったら超心配するもん。それより勉強しとかなきゃ。苦手なものとか、最初に言っといたほうがいいし……あ、ノート汚い、どうしよ……」

「そんなことないと思うけどな」

裕理のノートを見たことは何度もあるが、本人が言うように汚いと思ったことはなかった。彼のノートや字が汚かったら、智紀のそれだって汚いということになってしまう。昔から智紀は字がきれいだと褒《ほ》められてきたのだ。

後で一緒に勉強しようと約束し、智紀は自室に戻った。


いいことばかりは続かない。そんな言葉を思い出したのは、和志が家庭教師としてやってくる日の午後だった。

「智紀くん！　元の家族が接触してきたんだって？」

現れるなり叫ぶように言った須田に、智紀は眉をひそめた。なるべく不快感は表さないようにしてきたが、さすがにもう無理そうだった。

「こんにちは」

「なんで俺に内緒で……やっぱり加堂の差し金か。ひどい話だよな、智紀くんのことなのに俺を抜きで進めるなんてさ」

「どうして須田さんが関係してくるんですか？」

尖《とが》った声が自然と出ていた。これまでずっと智紀はおとなしくしてきた。須田と必要以上に話したくなかったから、基本的に彼の話に相づちを打つくらいだったのだ。

「智紀くん、どうしたんだ……？」

「どうもしません。それで、須田さんはどうして僕のところに？」

文句を言いたいのならば加堂に直接言えばいいのに、須田は最近加堂や裕理に対して及び腰なのだ。裕理を偽物と決めつけ、さんざん暴言を吐いていたので、一応バツが悪いと感じているらしい。その分、智紀には一層擦《す》り寄ってくるので閉口している。

「ああ、それそれ。来たのって稲森和志なんだろ？　なにか要求されなかった？　就職の口利きとか、金とか……」

「されません」

ムッとして返すと、言い訳するように須田は続けた。

「いや、だってさ、よく考えてごらんよ。ずっと疎遠だったのに急に接触してくるなんて、あやしいって。仲悪いんだろ？」

「悪くないし、急でもないです。ずっと留学してて、母たちが僕のことを教えてなかったから、帰国して初めて知った、っていうだけですから」

「あっちが君を避けてたって報告書にあったけどね……。とにかく警戒したほうがいい。君が譲り受ける遺産とか、橋本家の人脈とかはね、君が思ってるよりすごいんだからさ。元家族とか親戚とかが、ハイエナみたいに寄ってきてもおかしくないんだ」

「そんな人じゃない！」

バンと机を叩いて智紀は立ち上がる。手の痛みはあったが、いまはそんなことなど気にならなかった。

「兄さんを侮辱《ぶじょく》することは許さない。なにも知らないくせに、勝手なこと言わないでください！」

「い、いや……そういうつもりじゃ……」

須田は驚愕《きょうがく》のあまり口をぽかんと開けた後、しどろもどろに言い訳を始めた。おとなしいと思っていた智紀の剣幕に驚いて、いくぶん目が泳いでいる。

だったらどういうつもりなんだと言わんばかりに睨《にら》み付けていると、須田は「仕事に戻らなきゃ」などと呟いて逃げるようにして帰っていった。

須田の足音が聞こえなくなると、パチパチと拍手の音が聞こえた。

「……裕理？」

「当たり」

開けっ放しのドアの陰から裕理がひょっこり顔を覗《のぞ》かせる。どうやら部屋の前まで来て、声に気づいて廊下に潜《ひそ》んでいたらしい。須田はドアを開け放したまま行ってしまったので裕理には気づかなかったようだ。

「ごめんな。聞いちゃった」

「いいけど」

「笑っちゃったよ。遺産目当ての親戚って、自分のことじゃんね？　あれって自覚ねーのかな。あるのに言ったんなら、それはそれですげーけどさ」

裕理は部屋に入ってくると、窓辺に寄って外を見た。そうしてくすりと小さな笑みをこぼす。

「帰ってく帰ってく。うん、ああいうのを這々《ほうほう》の体《てい》……って言うんだな」

「意外とあっさり帰ったから、ちょっと驚いてるんだけどね」

「智紀のマジ切れにビビッたんだよ。けど、あいつのことだから、このままってことはないよなぁ……」

「……そうかも」

何日かたてば、今日のことなどなかったような顔をして現れそうで、智紀は溜め息をついた。

「そろそろ行く？」

「うん」

裕理の手にはバッグがあり、なかには勉強道具一式が入っている。初日なので、多めにいろいろと持っていくことにしたらしい。場所は客間の一室が使われることになり、すでに大きめのテーブルが運び込まれていた。

「ヤバい、緊張してきた」

「僕も……」

「智紀はいいじゃん。よく知ってるんだし」

「うーん……実はどう接したらいいのかなって、考え中なんだけどね……新しい関係を模索中っていうか」

「難しく考えなくてもさ、なるようになるって。それよりなんて呼ぶか決めた？」

「……和志さん、しかないような気がする」

兄と呼ばないように言われた以上、名前しかない。呼び捨てには出来ないし、ニックネームなどもってのほかだ。くん付けもあり得なかった。

裕理は軽く頷いていた。

「だよな。けど、和志さんもこだわるよなぁ。別に兄貴呼びのままでもいいじゃんね？　俺は気にしねーのに」

客間に入って二人は円テーブルに向かった。それぞれテキストを広げ、得意なものや不得意なものについて話していると、和志の到着が告げられた。

先日のスーツとは違い、今日は学生らしいカジュアルな服装だ。

「こんにちは。よろしくお願いします」

裕理は立ち上がり、ぺこりと頭を下げた。ぼんやりしていた智紀も慌ててそれに倣《なら》い、軽く頭を下げた。

「えっと……あの、こんにちは。……和志さん……」

そう呼ぶのはずいぶんと違和感があり、それ以上に照れくさくてたまらなかった。声が上ずってしまい、裕理には微笑ましげな顔をされたし、和志にはふっと笑みをこぼされた。

ますますいたたまれなくなった。

「少し照れるな」

「……だね」

思うところはあったらしい和志にほっとした。緊張するのは最初の呼びかけくらいだろう。二度目からはもっと気楽に呼べるに違いない。

「二人とも準備は出来てるみたいだな」

「一応。えーと、現状こんな感じなんですけど」

裕理は過去問題を解いた結果を、データ状にして書き出し、和志に渡した。問題と出来不出来の傾向を手っ取り早く伝えるためだ。智紀も用意してあるが、裕理のほうが数が多く細かく記されていた。

ざっと目を通し、和志は頷いた。

「二人とも得意なのは現国で、苦手は物理と化学か。変なところで似てるな。私立狙いか？」

「たぶん、そうなると思う。好きなところでいいって言ってくれて、だったら史学をやってみたいんだ」

以前は法学部にいたのだが、これは和志のように法曹界へ進もうと思っていたからではなく、公務員になるのに有利かもしれないと思ったからだった。

将来的に裕理は橋本家の仕事に関わるらしいので、ならばむしろ智紀は離れたほうがいいのでは……と思っている。

「父さんに遠慮してたのか？」

「そういうわけじゃないんだけど……それより、裕理は？　大学でなにやりたいんだ？」

「えっ、お……俺？　俺は経営っていうか、マーケティングとか勉強したいなって」

「加堂さんを手伝うんだもんね」

普段の二人を見ていると、それが自然なことに思えた。ところが裕理は目を瞠《みは》り、それから大きく両手を振った。

「別にそういうことじゃないって……っ」

きっぱりと否定しているわりには顔は赤く、あからさまに動揺しているのがわかる。裕理の本音など、ろくに接したことのない和志だって察したことだろう。

果たして彼は、こんな裕理を——彼と加堂をどう見るのだろうか。気にはなったが、さすがに口に出すことは出来なかった。

そのまま初日の勉強が始まり、偶然にも苦手科目や傾向が似ていることもあり、二人まとめて和志の授業を受けることになった。別々になることを覚悟していたらしく、楽でいいと和志は言っていた。

同じ問題をいくつも解かされ、学力にも大きく差がないことがわかった。現状では智紀のほうが上だが、高校時代に相当成績がよかったらしい裕理はこの数ヵ月でブランクをほぼ埋めていたようだった。

午後二時過ぎから始まった勉強は、休憩を挟みながらも夜まで続いた。夜と言っても、この時期はまだ明るいのだが。

「そろそろ終わりにしようか。疲れただろ?」

和志は智紀と裕理を交互に見て言う。相変わらず淡々としているが、冷たいというほどでもない。果たして裕理はどう感じているだろうかと気になって目をやると、彼は疲れているのかそれどころではないらしく、テーブルに突っ伏していた。

「ヤバい……俺、持久力ない……」

「初日だし、ずいぶん緊張してたみたいだな」

「……はい」

裕理は恐る恐る顔を上げ、少しほっとした様子を見せた。彼が思っているよりも和志の態度が柔らかかったということだろう。現に和志が纏《まと》う雰囲気は、初日のように張り詰めたものではなかった。彼もまたあのときは緊張していたということだ。

「とりあえず英語と国語はこのまま上げていけばいいし、苦手な数学は選択から外そう。歴史や公民はまずまずだしな。早めに志望校を決めて、科目も絞《しぼ》ろうか」

「実は決まってるんだけどね」

行くならばここから通える範囲ということになっている。選択の幅は広いが、そのなかで講義を受けてみたい人物がいるところとなると、せいぜい三つくらいに絞られ、なおかつ智紀の射程圏内となると一つなのだ。

「だったら早めに照準をあわせるぞ。裕理くんはまだか？」

「えーと……実はこれって希望はないから、智紀が行くとこに入れそうなら頑張る。学部違うけど、なんとなく心強いっていうか……」

裕理は物怖《ものお》じしないタイプではあるが、ある部分においては驚くほど弱腰になってしまう。学校関係などもそうで、必要以上にブランクを気にしているのだ。世のなかには浪人をして入る者もいれば、一度社会に出てから大学に通う者もいるのだから、彼らとスタートラインが同じになるというだけなのに。

これは裕理が夜の街で法に引っかからない程度のまともではない仕事をしていたせいもあ

る。いまさら自分が大学に入って馴染めるのかと、過剰に不安視しているからだった。

「頑張ろうね」

「う、うん」

一緒に合格しようと笑いかけると、裕理の表情は安堵に緩んだ。

兄というより弟のようだ、と言われるのも仕方のない可愛さだと智紀はひそかに思う。たった一人で生きてきた彼には、とても大人びた部分もあるのだけれども。

裕理はぼんやりとしながらテキストを片付けている。放心状態に見えるのは、それだけ疲《ひ》弊《へい》したということだろう。

バッグに私物を詰め終わったとき、ノックの音が聞こえた。

入ってきたのは、普段より帰宅の早い加堂だった。

「あ……おかえり……！　なに？　すげー早いじゃん」

「予定が一つキャンセルになった。どうだった？　ずいぶん扱《しご》かれたみたいだが……」

「や、別に扱かれてはねーけど、普通に疲れちゃって」

自然に近付いていく加堂を見上げ、裕理は頬を緩めた。どこか嬉しそうな、あるいは甘えているような、見ている智紀のほうが照れくさくなりそうな空気を纏っている。

彼らが恋人同士だと思って見ると、確かにそうとしか思えない雰囲気だ。加堂が裕理を見る目も確かに甘い。

「よかったら夕食をどうかな。智紀くんが喜ぶだろうし」

「ご迷惑では……？」

「遠慮はいらないぞ。吉野がすでに君の分も準備させているしな」

「でしたら、ごちそうになります」

和志はすんなりと食事の提案を受け入れた。その受け答えはやはり好青年そのもので、かつて周囲の大人たちからの絶大な信頼と高評価を誇った優等生っぷりがいかんなく発揮されている。

「居間で待っていてくれ」

加堂は一度自室に戻り、着替えをするという。智紀たちは言われるまま客間から居間へと移動した。その際、勉強道具はそれぞれの自室に置いてきた。

夕食まではだいたい三十分というところだろうか。待つあいだ、加堂を加えて四人で話をしたが、会話は自然と智紀たち兄弟、和志と加堂といったように別れてしまった。加堂が和志から、裕理の学力を聞きたがったからだ。智紀たちは話に加わりづらくて、こそこそと雑談を始めていた。

「そういえば、今日は怖くなかったんだ？」

「わりとね。っていうか、和志さんの目がこないだと違うからさ。得体の知れないやつを見る目から、顔見知りを見るくらいにはなってた」

「そっか。ちょっと安心した」

智紀にとって和志と裕理は特別な存在だ。どちらも兄という存在で、それぞれに深い繋がり——片や兄弟として過ごした時間が長く、片や実際に血の繋がりがあるのだ。その二人の関係はいいに越したことはない。

ちらりと見ると、和志たちはなにやら真剣に、大学の偏差値や設備あるいは教授陣の質といった話をしている。当人たちよりよほど深いところまで考えているようだ。

「なんかさ……保護者が大学の話をしてるようには見えないよな……。どっちかっていうと悪巧《わるだく》みしてるみたいじゃね？」

「え……」

そう言われたら、もうそうとしか思えなくなってしまった。確かに雑談をしているようには見えなかった。

相手が加堂だからだろうか。彼は常に目配りを怠らず、ときには盾になって橋本家を守り、仕事面では隆の名代として会社を支えている。その事実が彼をことさら隙のない、常になにか企んでいるようなイメージに仕立て上げているのは間違いなかった。

「結構年が違うのに、迫力負けしてないってすげぇよなぁ……」

裕理は感心し、小さく呟いた。

それは智紀も感じていたことだった。年の差もさることながら、まだ学生の身で加堂と並

んで見劣りしないのはすごいことだろう。

「切れ者の上司と優秀な部下……みたいな感じかな」

「加堂さんは食わせ者って言ったほうが近いって」

「あー……うん」

「それに、和志さんも大概腹黒いと思うんだ……」

「え、なに？」

ぼそりと裕理が付け足した言葉がよく聞こえなかった。目があうと裕理はごまかすように笑い、すぐに目を逸《そ》らした。

「いや、あの……加堂さんのこと言っただけで……あ、そうだ。須田の話、加堂さんにしたほうがいいよ。たぶん吉野さんから、来たことは聞くと思うけど、会話の内容とか」

「ああ……」

「俺も全部聞いたわけじゃねーからさ」

「なにをだ？」

加堂の声に反応し、裕理はびくっと跳《は》ね上がる。単純に驚いたらしい。智紀も同時に目を向けると、いつの間にか和志と加堂がこちらを見つめていた。

隠すことでもないので、実は……と前置きして智紀は説明をした。途中から聞いていたという裕理は、隣でうんうんと頷いていた。

「まったく……懲《こ》りない男だな」

加堂の感想はそれだけだった。やれやれと言いたげな様子なのは無理からぬことだろう。彼にしてみれば、須田とその家はもはや脅威でもなんでもなく、ただうるさくて目障《めざわ》り、という程度の存在らしい。

須田もその親も、橋本グループの子会社に籍を置いているが、親子揃《そろ》って能力的にはあまり高くないという。親族だからと優遇させることもないから、彼らは社内で大きな力は持っていない。須田自身は子会社の営業部で一般社員という立場だし、その父親は役職にこそついているが、出世は遅いほうだった。隆の姉が他界してから、彼らの発言力はみるみる低下していったのだ。

そして加堂との立場は逆転した。彼は社内で着実に存在感を増していき、肩書き以上の重要なポストに就いている。裕理の後ろ盾でもあり、隆の信頼も厚い彼にとって、須田家は昔のように厄介《やっかい》ではなくなったそうだ。

「とりあえず、須田が来たときは目的を問うよう吉野に言っておく。会うかどうかは智紀くん次第だ」

ならば智紀の返事は決まっている。会うか聞かれたら拒否するだけだ。いまなら「怒っている」ということで、向こうも強くは出てこないだろう。

「でもさ、謝りたいから……とか言ってしつこく来そうじゃん。あと、祖父さんの見舞いとか言って入ってきて、智紀の部屋に行っちゃうとか」

「あり得るな。そこも含めて言っておこう。どのみち、多少強気に出たほうがいいだろうな。須田の後ろ盾など必要ないわけだし」

「はい」

須田は隆の見舞いを口実に入って来るかもしれないが、その場合は吉野が目を光らせて智紀のところへは来ないようにしてくれるらしい。

和志と目があうと、力強く頷いた。まるで「大丈夫」だと肩を叩かれているような気持ちになって、智紀は硬くなっていた表情を少しだけ和《やわ》らげた。

夏がとっくに終わり、残暑という言葉も聞かれなくなった頃、智紀は久しぶりに外出することになった。しかも初の外泊になる。

行き先は和志のマンションだ。特に用事があるわけではなく、話の流れで一度遊びに行くということになったのだ。彼が上京してから、一度も訪れたことがなかったせいか、妙に緊張してしまっていた。

「話すのは慣れたのに……」

さすがに何度も会っていれば、目の前にしても緊張はしなくなった。二人きりではないとはいえ、毎回何時間も一緒にいるのだし、勉強の後にはほぼ必ず夕食を取っていくからだ。一人暮らしの和志には、ここでの夕食はとても助かっているようだった。完璧と言ってもいい和志だが、どうにも料理は好きじゃないのだという。出来ないことはないが、好きではないからいつも出来合いのものを買っていたらしい。

「……なにか作ろうかな……」

実家にいた頃から家事をする機会が多かった智紀は、短い一人暮らしをしていたときにもさほど苦労はしなかった。母親は仕事を持っていたから、自然と智紀にも家事が割り振られたり、一人のときに食事を作ったりしていたのだ。

外で食べればいいと言われているが、向こうで作るのもいいかもしれない。和志は単身者用とはいえマンション住まいで、キッチンなどの設備もそこそこいいものらしいのだ。

マンションは親が借りているのではなく、和志自身が家賃を払って住んでいるという。高校生のときから株に手を出していたそうで、彼は学生にあるまじき個人資産を有している。

それを聞いたときは溜め息しか出なかった。どこまで彼は万能なのかと思った。

容姿も頭もよく、性格だって愛想はないが誠実で真面目で、申し分のない男だろう。その上、金まで持っているなんて。

将来有望な、女性が放っておかない優良物件だ。智紀が女だったら、かなり重症のブラザーコンプレックスになっていたかもしれないし、兄でなければ惹かれていたかもしれない。

ぼんやりとそんなことを考え、はっと息を飲んだ。

「なに変なこと……」

自分で思ったことに動揺し、それをごまかすように出かける支度を始める。着替えと勉強道具くらいなので、大した時間もかからなかった。

後はスマートフォンをと思ったとき、それが鳴り出してびくっとしてしまう。

しかも相手は母親だった。なにかあったのだろうかと不安が過《よぎ》る。なにかなければ連絡してこないような関係になってしまったのだと、あらためて実感した。

ためらいがちに智紀はボタンを押した。

「母さん……？」

『久しぶり。元気だった？』

最後に聞いたときよりも覇気のある声に、複雑な思いを抱く。元気そうなのはいいが、智紀がいなくなった結果なのかと思ったら、手放しでは喜べなかった。

「うん。……母さんは？」

『それなりにやってるわ。そっちでの生活にはもう慣れたの？』

「まぁ……一応」

なにを話したらいいのかと困惑してしまう。ずっと一緒に暮らしてきたし、彼女が実の母親だということには変わりないのに、いまさらどうやって接したらいいのかわからなくなってしまった。

和志のことが頭を過ったが、言うのはやめた。自分から彼の話を持ち出すこともしないことにした。

『いまちょっと時間ある？』

「いいけど、どうしたの……？」

声にやや警戒が滲み出ていたのか、電話の向こうで苦笑するような気配がした。

『ただの報告よ。一応知らせておいたほうがいいかと思って……。実はね、少し前に稲森と離婚したの』

「え……」

ガン、と頭を殴られたようなショックだった。智紀は自分のことが白日の下に晒されても、自分が稲森家から離れればいいことだと無意識に思っていた。いや、思い込もうとしてきた。異物さえなくなれば、あの家は正常になるのだと。

それはとても難しいことだと、わかっていたはずなのに。

『一ヵ月くらい前にそういう話になって、いろいろと決めるのに時間がかかったのよ。まぁ当然の結果よね。いつかこうなるってわかってたから全部受け入れたわ。悪いのは、わたしなんだし』

「母さん……」

『さすがにちょっと実家にも戻りづらくて、近いうちに長崎で一人暮らしをするの。いらないかもしれないけど住所はメールで教えるわ。いやなら消して』

「そんなわけないから……っ」

思うところはいろいろとあるけれども、たった一人の母親だ。距離を置きたいとは思っても、縁を切りたいとは思っていなかった。

だが彼女は電話越しに重い溜め息をついた。

『ごめんなさいね』

「え?」

『なに一つあなたのせいじゃないのに……わたしはあなたを素直に愛せなかったわ。なんであの人にそっくりなんだろう、なんでわたしに似なかったんだろう……そんなことばかり思ってた。理不尽だと怒ってくれていいわ』

ツキリと胸を刺されるような痛みに、なにも言えなくなっていた。

感情的な言葉ではなかった。彼女は自分の現状を嘆くわけでもなく、ひどく冷静に語っていた。それは息子である智紀への気持ちにしても同じだった。まるで他人ごとのようにしか、あるいは遠い昔の出来事を振り返っているようにしか聞こえなかった。

もう終わったことだと、過去のことだと割り切っていたのは智紀も同じだ。そのつもりでいた。だがこうして母親から淡々とした言葉を突きつけられ、違うのだと思い知る。

母親は一方的に話した後、元気でねと型通りの言葉をかけて電話を切った。

智紀はすとんとベッドに座りこんだ。頭のなかは与えられた事実や感情でぐちゃぐちゃで、考えが一向にまとまらなかった。

はっきりしているのは、智紀が自分で思っていたよりもずっと家族からの愛情を求めていた、ということだった。

「……でも、和志さんがいてくれる……」

早く和志に会いたくなった。きっと彼は離婚のことを知っていて、智紀には言えずにいたのだろう。

いても立ってもいられなくなり、バッグを手に立ち上がって部屋を出る。橋本家が車を出してくれるということになっているのだ。

吉野に声をかけて玄関を出ようとしたら、タイミングの悪いことに須田がいた。どうやら今日は隆の見舞いを口実に来たらしい。

「あれ、出かけるの？」

先日のことなどなかったような顔に、内心呆れた。いくら数週間たっているとはいえ、あれから初めて顔を会わせるのだから、一言くらいあってしかるべきだろうに。

「……こんにちは」

露骨に嫌そうな顔になってしまったが、取り繕う気はなかった。もともと智紀は感情が顔に出やすいほうだ。ただ裕理ほど、大きく変わるということがないだけだった。

「旦那さまのお部屋にご案内します」

「ちょっと待ってて」

せっかく吉野が促しているのに、須田は背を向けたまま智紀に近付いてきた。困ったような顔で吉野は運転手に連絡を入れ、車を玄関へまわすよう指示をした。

「あれ？　どこか行くところ？　荷物多いね」

「……聞きたいことがあるんですけど。両親が離婚したこと、知ってたんですか？」

睨み付けるようにして須田を見ると、彼はひょいと肩を竦めた。

「するらしい、とは聞いてたよ。それがなに？」

「なにって……きっかけは須田さんじゃないですか……！　どうしてあのとき、僕のところに直接来てくれなかったんだ……」

そもそもは智紀のことだし、その原因を作り出したのは母親だ。けれども現在の流れを作ったのは須田なのだ。

「そう言われてもねぇ、智紀くんは未成年なんだから仕方ないだろ？　まずは両親に話を通すのが筋ってものじゃない？」

「それは……そうなんですけど……」

須田の言うことは筋が通っている。もともと亀裂だらけで、その亀裂を隠して体裁を繕っていた家族が、決定打を受けて壊れただけだ。だが必死になかったことにしようとしていたものを、写真付きの調査結果を突きつけて、動かしようもない事実にしてしまったことも確かだった。

「ああ、そんなことよりさ、追加の調査結果が出たんだ。稲森和志くんのことなんだけど」

無視して離れようとしたが、和志の名に足が止まってしまう。振り返った先には、にやにやと笑う須田と、咎《とが》めるようにして近づいてこようとしている吉野が須田の肩越しに見えた。

須田は小声で囁《ささや》いた。

「彼、真面目そうな顔して結構すごいね。詳しく調べてもらって、驚いちゃったよ。智紀くんは知ってたの？」

「……なんの話ですか」

不快感が内側に広がると同時に、これは吉野に聞かせてはいけないことだという直感が働いた。

吉野と視線を合わせて軽くかぶりを振ることで彼を止める。怪訝《けげん》そうな、そして心配そうな顔をしてはいたが、その場で足を止めて従ってくれた。

須田は得意げだ。吉野が近づいてこないことで気をよくしたのがわかった。

「和志くんってさ、高校生のときにはもう複数のセフレがいたんだって？」

「は？」

相変わらずの小声だが、はっきりと聞こえた。だが頭が拒絶しているのか、すぐには意味が入ってこなかった。

「大学でも留学先でも、短期間でポイ捨てするので有名だったらしいじゃないか。真面目そうな見た目に騙《だま》された子が多数みたいだよ」

「なに……言ってるんですか」

智紀から低く冷たい声が出たことに、須田は多少怯《ひる》んだ様子だったが、先日とは違い今日はずいぶんと余裕があった。慣れたのかもしれないし、調査結果に自信があるのかもしれない。事実だから、臆《おく》することはないとでも言っているようだった。

「お車の用意が出来ました」

黙って睨み付けていると、吉野から声がかかった。

「……はい」

「康介さんは、お早く旦那さまのお部屋へどうぞ」

「はいはい。じゃあな、智紀くん」

須田は笑みを浮かべて隆の元へと向かった。その足取りが軽く見えるのは、智紀のなかにある苛立《いらだ》ちのせいだろうか。

「お役に立てず、申し訳ありませんでした」

「吉野さんのせいじゃないです」

タイミングが悪かっただけだ。あらかじめ伝えてあった時間よりも早く部屋を出たのは、智紀の都合だったのだから。そして吉野の立場としては、一応隆の身内である須田には強く出られないのだ。

「彰彦さんには、わたしから伝えておきますので」

「お願いします」

「こちらをどうぞ」

吉野が渡してくれたのは二段重ねの重箱だ。今日の夕食を持たせてくれることは以前から決まっていた。

吉野に見送られ、智紀は玄関を出ると、待機していた車に乗りこんだ。橋本家から和志のマンションまでは、混雑していなければ二十分の距離だという。思っていたよりも近いが、これが電車を使うと倍近くかかってしまうらしい。

もやもやとした気分は、二十分という時間では到底晴れてくれなかった。

ただでさえ、母親との会話で滅入っていたのに、追い討ちをかけられたようなものだった。

（あんなの……あり得ないし……）

須田という男は、なんとしても和志を貶《おとし》めたいようだ。橋本家の地位と財産狙いの次は、女性関係だなんて。

二十分はあっという間だった。

「ありがとう、行ってきます」

「お帰りの際も、ご連絡いただければ参りますので」

そんな運転手の言葉にもう一度礼を言って見送った。実際には自分の足で帰るつもりだから、彼の出番はないだろうけれども。

智紀はマンションを振り返り、感嘆の息をついた。

思っていたよりも高そうなマンションだ。築年数もまだ五年ほどで、駅からも五分程度で、造りもしっかりしていそうだ。小規模なマンションだが、デザイナーズ物件らしく外観から凝っている。上へ行くほどフロア面積が狭くなるタイプなので、上層階にある和志のフロアには、ほかに一世帯しかいないそうだ。

エントランスの自動ドアをくぐると、目の前にはまた扉があった。部屋番号を押してすぐ、和志の声が聞こえてきた。

『待ってたよ。早くおいで』

機械越しのその声は、やけに甘く聞こえた。緊張しながら入り、エレベーターで十階へと上がる。

部屋の前に立ってインターフォンを押すと、すぐに和志が出てきた。

硬質な印象を抱かせる彼の顔が、智紀を見て明らかに柔らかいものになった。

「お……おじゃまします」

「どうぞ。遠慮はいらない」

部屋は１ＬＤＫとはいえ、かなり広く造られていた。学生の一人暮らしには贅沢なほどだ。聞いていた通りキッチンも立派で、子供のいない夫婦やカップルでも十分に生活していけそうに思えた。

「予想してたより、凄かった」

「あんな豪邸で暮らしてる智紀が言うことじゃないな」

「あれはお祖父さんの家だし、実はまだちょっと慣れてないし……」

「そうなのか？」

「執事さんとかメイドさんが普通にいる生活だよ？　そうそう慣れないよ」

「それもそうか」

和志はくすりと笑いながら小さく頷き、智紀に椅子《いす》に座るよう勧めてきた。

家具の少ない部屋だが、食事をするためのテーブルと椅子はある。二人用のカフェテーブルのようなサイズだった。

ダイニングルームに続くリビングには、三人で座っても余るほど大きなソファとローテーブルが置いてある。だがテレビはないし、絵などが飾ってあるわけでもない。和志が必要ないと思ったものは徹底的に排除されている、といった印象だった。

「そういえば昔からテレビはほとんど見なかったよね」

「殺風景な部屋だろ」

「そう……だね。らしいと言えば、らしいけど」

実家でも和志の部屋はとても無機質だった。趣味らしい趣味はなかったはずなので、それに関するものが置いてある、ということもない。

「やっぱり剣道ってやめちゃったんだ?」

「素振りはやってる」

「へぇ」

一見インドア派のインテリふうだが、彼は小学生のときから高校卒業まで剣道をやっていた。防具の類《たぐい》は処分したらしいが、竹刀《しない》だけは手元にあるようだ。もちろん目につくところには置いていなかったが。

和志はコーヒーをいれて智紀に出した。

「ノルマは終わってるのか？」

「まだ」

和志は毎回、次の授業までの「宿題」を出していくのだ。もちろんそれだけやっていればいいわけでもなく、智紀たちは実に受験生らしい生活を送っている。とはいえ世間の受験生に比べたら勉強時間は少ないはずだ。行きたい大学が、まずまず射程内だとわかったので、鬼気迫るような受験勉強にはなっていないのだった。

残してしまったことを和志は咎めたりはしなかった。片付けてから来られるような量でないことは、課した彼が一番よくわかっているからだ。

智紀は和志が作ったプリントを出し、目の前で解答欄を埋めていく。じっと見られているのは緊張するが、わからなくなれば質問出来るという利点もあった。

短い休憩を挟んで三時間近くプリントと向きあい、ようやく課された分は終わった。

外はいつの間にか暗くなっていたが、街の明かりは見えなかった。ベランダの手すりがコンクリート製の壁状なので、空しか見えないのだ。

時計を見て和志は呟いた。

「腹減ったろ」

「うん」

勉強道具を片付けたテーブルに重箱を広げ、初めて二人だけの食事をした。実家にいるときから、二人きりというのは記憶している限り一度もなかったはずだ。おかげで少しだけ緊張してしまった。

重箱の下の段には、白飯と二種類の炊き込みご飯が、上の段には二十種類を超えるおかずが詰められている。

食べきれる気がしなかった。智紀はこの年の男子としてはやや小食なほうだし、和志は標準的な食事量のはずだ。

「これ……完食無理だよね？」

「余ったら冷蔵庫行きだな。明日、温めて食べればいい」

「だよね」

「やっぱり和食はいいな」

小振りな鮭《さけ》の西京焼きを食べながら、しみじみと和志は呟いた。アメリカでの生活で、日本食に対する意識が変わったらしい。留学前よりも好きになったという。

（和食か……）

あまり得意ではない——というよりも、智紀はほとんど和食と呼べるジャンルのものを作ったことはなかった。適当な材料で、どこの料理とも言えないものを作ったり、ハンバーグやカレーやパスタといった、きわめて一般的な洋食を作るのがせいぜいだったからだ。

作れるようになろう。ひそかにそう心に決めた。

食事を終えると、少し休んでシャワーを浴びた。バスルームは十分に広く、智紀が数ヵ月住んだ学生用のアパートとは比較にもならなかった。広さだけでなく、設備という点でもそうだ。

脱衣所で鏡を見つめ、智紀は溜め息をつく。パジャマ代わりに持ってきた大きめのTシャツとハーフパンツは、橋本家ではあまり着ていないものだ。なんとなくあの家では、パジャマを着ないといけない気になるからだ。せっかく揃えてくれたということもあるし、洗濯をしてもらうことになるので、ラフすぎるものは躊躇してしまう。裕理はそんなことは気にしないと笑っていたが。

「どうやって切り出そう……」

勉強しているあいだや食べているときは頭の隅に置いてあったが、一人で風呂に入っていると、須田に言われたことや母親からの報告を思い出してしまい、溜め息ばかりを響かせることになってしまった。

特に前者だ。あの和志が女性を弄《もてあそ》んでいたなど、到底信じられることではなかったが、モヤモヤとした嫌な気持ちを払拭出来ないことも確かだった。

和志を信じられない自分が嫌だった。

「……うん。話してすっきりしよう」

決意し脱衣所から出ていくと、和志はソファに座ってタブレットを眺めていた。株式関係のサイトでも見ているらしい。

「空いたよ」

「ああ……」

和志は顔を上げ、わずかに目を細めた。まぶしいものを見るような、あるいは苦笑のような表情だった。

バスルームに向かうことなく、和志はすぐにタブレットに視線を戻した。急いで見なければならないものが、そこに映っているかのようだった。

「和志さん」

名前で呼ぶことにもずいぶん慣れた。いままでもときどき「兄さん」と言ってしまいそうになるが、口に出す前に呑み込んでいる。

隣に座り、じっと横顔を見つめた。隣とは言っても、あいだに一人くらい座れそうなスペースはあった。

「今日、母さんから電話があったんだ」

「……そうか」

小さく息をつき、和志はタブレットの電源を落とした。用事がすんだのか、それとも智紀の話を聞いてのことなのかはわからなかった。

「離婚したって……」

「ああ」

「知ってた？」

「帰国してすぐ、父さんに聞いた」

「そっか……」

智紀は俯き、膝《ひざ》の上で手を握りしめた。

タイミングを考えると、同時に智紀のことも聞いたはずだ。あるいは離婚の話から、その原因である智紀の話になったのかもしれない。

「母さんは……仕方ない、みたいなことを言ってた」

「そうだな。どのみち、あの二人が決めたことだ。おまえが稲森家からいなくなったこともごまかせるし、父さんにとっても最善だったんじゃないか。おまえが実子じゃないことは、親戚にも隠しておくつもりらしいし」

和志の口調には感情らしきものは乗っていなかった。淡々としていて、まるで赤の他人の話をしているようだった。

和志が母親に対し、さしたる情を抱いていなかったことは知っている。嫌ってもいないが慕っているわけでもなく、拒絶はしないが自分から近付いていくこともしない、というスタンスだったのだ。継母《ままはは》だから仕方ないとは思っていたが、いまになってそれは少し違うのだとわかった。和志は実の父親に対するスタンスも似たようなものだった。

「和志さんは……僕のせい、って思わないの……？」

「思うわけないだろ。たぶん誰もおまえのせいだとは思ってないよ。父さんでさえもね」

「……そうなのかな」

「とにかくおまえが責任を感じることはないんだ。寂しいかもしれないが、それは俺に埋めさせてくれ」

長い腕を伸ばし、和志は智紀の髪を撫《な》でた。まだ少し湿った髪に指先が絡んで、なぜかひどくドギマギした。

逃げるように目を逸らすと、和志の手は離れていった。だが視線はまっすぐ智紀に向けられたままだ。

「お……お風呂、入らないの？」

「ああ……入るよ」

和志がバスルームに消えると、ほっと息が漏れてしまった。緊張が解けたというよりは、動揺が収まったというほうが近いだろうか。

することもないので、キッチンへ入り、なにがあるのかをチェックした。

一応、鍋や包丁やまな板はある。けれども使われた形跡はあまりない。シンクがきれいなのは、洗いものすらろくにしていないからだろう。

これだけのマンションを何年も無人のまま放置し、定期的な掃除のために業者を入れさせていただけなんて、本当に和志は学生として規格外の男だ。賃貸なのだから、普通は引き払って荷物だけどこかで保管して、帰国後にあらたに借りるものだろうに。

「食器は……一応あるんだ……」

皿やカップといったものは、一応複数あった。ペアのものが多いことに気付き、少しモヤモヤとしてしまう。

シンプルな食器は和志の趣味なのだろうか。それとも過去にいたかもしれない恋人のものだろうか。

彼女の一人や二人、いたとしても不思議じゃない。むしろあれだけの男がずっとフリーだなんてあり得ないだろう。もちろん須田が言うようなことはないとは思っているが。

智紀は振り払うようにしてかぶりを振ってから、冷蔵庫を開けた。

一人暮らし用の冷蔵庫はさほど大きくもないのに、なかは見事にスカスカだった。缶ビールが数本とペットボトルの水、数種類の調味料程度しかない。その調味料も、料理のためではなく買ってきた総菜にかけるためにあるようだ。

「ひどい……」

重箱に入った残りものだけが、食べられるものだなんてあんまりではないだろうか。せめて卵くらいはあると思っていたのに。

「なにがひどいんだ？」

突然の声に驚いて振り向くと、髪を拭《ふ》きながら和志が立っていた。

「は……早すぎない？」

「こんなものだろ？　そういえば智紀は長風呂だったな」

暑いのか、和志はパイル生地のルームパンツだけという姿だった。上半身は裸で、相変わらず引き締まったきれいな身体をしていた。洗い髪が普段より乱れているのと、眼鏡がないのとで、妙にセクシーに見えてしまう。

慌てて目を逸らした。兄だった人を相手にそんな反応をしてしまった自分に、さらに動揺した。

「どうした？」

「な……なんでもない。それより、これ……冷蔵庫のなかひどいよ」

「いらないものを入れておいても仕方ないだろ」

「本当に作ろうって気はないんだね。……作ってくれる人、って……いないの……？」

遠まわしに彼女の存在を探ってみた。答えが返ってくるまでのわずかに時間、ひどく心臓がうるさかった。

「いまはいないな」

「い……いまは……？　ってことは、彼女はいたことあるんだよね。留学してたときは？

こっちの大学にいたときや、高校のときは？」

矢継ぎ早の質問に和志は面食らっていた。まさかこんなに食いつかれるとは思っていなかったのだろう。

質問した智紀自身でさえも戸惑っている。口にして初めて、ここまで気になっていたのかと思い知ったくらいだ。

和志は苦笑し、壁にもたれた。

「いたけど、長くは続かなかったな。好きな相手がほかにいたから、続かなかったんだ。その人を諦めるために付きあったんだが、だめだった」

「好きな相手……？」

思いのほかその言葉は衝撃的だった。語る和志の表情が、あまりにもせつなそうだったからかもしれない。

そこまで想《おも》われる相手が想像出来なかった。けれど誰かもわからない人のことを考えるだけで、チリチリと胸が焦《こ》げるような気さえした。

どんな人なのか、どこにいるのか、いまも好きなのか——。聞きたいことはたくさんあったが、声にならない。

落ちた沈黙はそう長くなかった。じっと智紀のことを見つめていた和志は、がらりと話を変えてきた。

「智紀は、男同士の恋愛に嫌悪感はないんだろ……？」

「え？」

「裕理くんと加堂さんのことは気づいてるんだと思ったが……違うか？」

唐突な話題の転換に、すぐにはついていけなかった。無言で和志を見つめ返し、ゆっくりと言葉と意味を咀嚼《そしゃく》し、小さく息を吐き出す。

どうせ聞きたいことは聞けそうもないのだし、間を保《も》たせるために和志の質問に答えることにした。

「違わない。やっぱり和志さんも気づいてたんだ」

「あれは気づくだろ」

「だよね……うん、別に偏見とかはないよ。ちょっとびっくりしたけどね」

驚いて、それから羨ましくなった。もともと彼らの信頼関係を羨んできたのだが、恋人同士だと知ってさらにそう思った。

これまでの人生で、智紀は同性愛というものに関わったことが何度かあった。同性から告白されたり、身体を求められたりということが、大学に入ってからのわずか数ヵ月で何度もあったからだ。そのときは正直なところ困惑しかなかった。あり得ないと思ったし、恋愛感情もなしに見た目だけで「やらせろよ」などと行ってきた男には嫌悪感すら覚えた。

だがあの二人の関係に気づいたときは、その瞬間から受け入れていた。裕理が加堂を一途に想い、加堂が裕理をとても大事にしているのは、見ていてよくわかったからだ。好きな人の隣で笑う裕理は幸せそうで、最初に会った頃に比べてもかなりきれいになっている。加堂に愛されて、どんどん魅力的になっていくのだ。

「ああいう関係だったら、いいんじゃないかなって思う」

「そうか……」

息をつくような呟きだった

「和志さん？」

「抵抗感がないなら、俺の気持ちも考えてみてくれるか」

「はい？」

なにを言われたのか本当にわからなくて、智紀はきょとんと首を傾げた。

怖いほど真剣な顔をした和志に見つめられ、ひどく落ち着かない気分になる。目を逸らそうとしたら、肩をつかまれてさらに近付かれた。

わずかに逃げたくなったのは、本能的な部分が反応したせいかもしれなかった。

「智紀……愛してる……」

「……え？」

「ずっと前からだ。兄弟だと思っていたときから、俺はおまえを愛してたんだ」

強く抱きしめられて、耳元で愛という言葉を紡《つむ》がれた。

思考が停止している。抱きしめられるままぴくりとも動けない。

兄弟の抱擁《ほうよう》とは確実に違う抱きしめられ方に、はっきりとした愛の言葉。いまは見えないけれども、智紀を見つめる和志の目は熱を帯びていた。すべてわかっているのに、頭がそれ以上の理解を拒んでいる。

「おまえを避けたのは、そのせいだ。諦めようともした。でも何年たっても気持ちは捨てられなかった」

大きな手が頬を撫で、びくんと智紀は身体を震わせる。手の動きがどこか官能的で、たまらなく恥ずかしくなった。

逃げるようにして顔を動かすと、無理に正面を向かされる。

間近で視線が交錯した。ギラギラとした目には熱っぽさだけでなく、執着や独占欲のようなものまで滲み出ていて、智紀にはまるで知らない人のように思えてしまった。

少なくとも智紀が知っている「兄」の顔はどこにもなかった。

「で……でも……彼女、いたって……」

「ああ。だから、おまえを諦めようと思って付きあった、って言ったろ？　全部無意味だったけどな」

知らない男の顔をした和志に智紀はひどく戸惑った。変に胸が騒いでいるのに、さっきの告白まで思い出してしまい、いまにも顔が赤くなりそうだった。

「け……けど、セフレ……みたいな人も……」

なにか言わなくてはと思って、口をついて出たのはずっと気になっていたことだった。否定してくれることを願っていた。

「……須田という男に聞いたのか？」

わずかに気配が剣呑《けんのん》になった。もちろんそれは智紀に向けられているわけではなく、ここにはいない須田に向けられたものだったが。

「勝手に教えてったんだ……」

信じていなかったし、いまでも信じたくないけれども、和志は否定することなく苦笑をこぼすのみだった。

事実無根ならば、そう言うはずだ。和志が須田に話をあわせる理由はないのだから。

「嘘だよね？」

「………………」

「まさか……本当……？」

恋人と続かなかったこと自体は仕方ない。長く続くに越したことはないけれども、よくあることだとも言える。だがセフレ――身体だけの付きあいの相手が何人もいたというのは、とても許容出来ることではなかった。

和志は溜め息をつき、濡《ぬ》れ髪をかき上げた。

「一時期、自棄《やけ》になってたのは確かだな。きちんと別れないうちに次の子と付きあって……結果的に複数と同時に付きあってる形になったこともあった」

デートもせず、会ってセックスをするだけの付きあいもあったらしい。それが傍《はた》から見ればセフレということになったようだ。

「自分のしたことを正当化するつもりはない。もしかしたら誰かが智紀を忘れさせてくれるかもしれない、なんて考えてた自分は、バカだったと思うけどな」

「和志さん……」

「もう諦めるなんてしない。智紀がいればいいんだ。ほかのなにを捨てたって、おまえさえいれば……」

伸ばされた手が届いた瞬間、智紀はびくっと震えて後ずさった。

怖い、と思った。知らない男の顔をした――まるで餓《う》えた獣《けもの》のような目をした和志が怖くて、そして聞いたばかりの話が嫌でたまらなくて、触れられたくないと思ってしまった。

このまま一緒にいることは出来ない。Tシャツとハーフパンツというラフすぎる格好だが、外へ出ても不審がられるほどではないだろう。多少の金はあるから、タクシーでも拾ってしまえばいい。突然の帰宅に関しては、車中で言い訳を考えなくては。

部屋の隅――ソファの裏手に置いたバッグをちらりと見て、逃げるようにして歩き出す。

「智紀」

「帰……」

バッグをつかむ前に後ろから抱きしめられ、智紀は息を飲んだ。その耳元で、和志が少し掠《かす》れた声で囁いた。

「だめだ。帰さない」

「離してよ……！」

もがいても自由にはならなかった。より強い力で抱き込まれるばかりだ。

抵抗する力が弱いのは、和志の本気を智紀がまだわかっていないせいだった。切々と気持ちを打ち明けられてもなお、和志が自分に恋愛感情を抱いているなんて信じきれないでいたし、彼が強引な真似をするとも思っていなかった。

もつれるようにして、ソファに倒れ込む。智紀はそう感じていたが、実際は押し倒されたようなものだった。

「ん……んっ……」

唇《くちびる》を塞《ふさ》がれて、大きく目を瞠る。触れるだけのものではなくて、いきなり舌まで入れられて、智紀はそのまま固まった。

くちゅくちゅと湿った音を立てて口腔《こうこう》を舐《な》められ、舌を吸われる。ぞくぞくとした不可思議な感覚は確かにあったけれども、それより混乱が激しくて、どうしてという思いばかりがぐるぐると渦巻《うずま》いた。

ようやく離れていった和志と視線がぶつかった。あからさまな欲望を宿したその目に、智紀は無意識に逃げたくなった。

「離してっ」

さっきよりも抵抗しているのに、身体は自由にならなかった。

「智紀……」

頬を撫でられ、優しげな声で呼ばれて、恐る恐る和志を見つめる。

しぐさと声は穏やかなのに、和志の目は仄暗《ほのぐら》くて底が見えなくて、そのくせ変に熱っぽくギラギラしていた。

「や、だ……兄さ……」

「和志、だ。そうだろう？　兄弟ならこんなことはしないからな」

「ひっ……」

薄い布越しに身体を撫でられて、小さく悲鳴を上げてしまう。

逃げなくてはと思うのに、身体が竦んで動けない。まるで和志に本気で逆らえないよう暗示にでもかかっているようだった。

ハーフパンツのウエストをくぐって手が入り込んできて、迷うことなくその手は智紀のものに触れた。

震える智紀にかまうことなく、和志はそれを手のなかに捉《とら》え、ゆるゆると扱き上げた。

「ぁあっ……」

どこか甘い自分の声にひどく戸惑った。

自分で触れたときとは比べものにならないほどの快感だ。組み敷かれ、一方的に弄《いじ》られているはずなのに、感じている自分がいる。

こんなことはいけないのに——。

身体の力が抜けて、さっきまでしていたなけなしの抵抗さえも出来なくなっていた。しなくてはと思うのに、出来なかった。

「や……だ、やめ……ぁっ、ん」

制止の声を上げようと口を開くが、気がつけば甘い喘《あえ》ぎに変わってしまう。智紀は擦《こす》り上げられるまま、何度もびくびくと身体を震わせた。

和志はTシャツの裾《すそ》を捲《めく》り上げ、あらわにした乳首に舌を寄せると、そのまま淡い色の小さな突起を口に含んだ。舌先で転がしながら下肢《かし》を弄るその刺激に、智紀は半泣きになりながら弱々しく制止の言葉を繰り返した。

ずっと好きだったと言われた。それすらまだ受け止められていないのに、こんな行為まで許容出来るはずがない。

ぞくぞくとした甘い痺《しび》れが背筋を這《は》い上がり、和志を押しのけようとしていた手にも力が入らなくなる。

「あぁん……っ」

舌先で転がされた乳首が、歯で軽く挟まれて引っ張られる。そんな刺激にさえ身体は喜んでしまった。

智紀が声を上げれば上げるほど、よがればよがるほど、和志の愛撫《あいぶ》は熱を帯びていく。ちゅくちゅくと湿った音を立てて舌先は胸を弄りまわし、手はするりと智紀のパンツと下着を脱がしてあらわにしたそこを巧みに煽《あお》り立てた。

下腹部が熱くて、腰の深い部分が疼《うず》くように騒いで、智紀は身を捩《よじ》りながら無意味な制止を繰り返した。

濡れた声で繰り返すそれは、和志を煽ることにしかならなかったけれども。

やがて胸から離れた唇が、キスを残しながら下肢にまで辿り着く。手で高めつつあったものが口に含まれたとき、智紀は脳が溶けそうな快楽にたまらず声を放った。

柔らかで熱い粘膜に包まれ、舌がいやらしく絡みついた。ガクガクと腰や腿《もも》が震えるのを止めるすべはなかった。

指先がさらに奥を探り、秘められた場所に触れる。

「いや……っ」

無意識にそこに力が入った。撫でるようにして何度も触られ、智紀はいやいやとかぶりを振った。

あり得ない。男同士のセックスがそこを使うなんて、なんとなく知ってはいても、自分がとなったらとても受け入れられなかった。

だが前を強く吸われて、身体が弛緩した隙に指を入れられてしまう。

小さく喉の奥が鳴った。悲鳴と言うにはひそやかで、嬌声と言うにはあまりにも甘さがない声だった。

入り込んだ濡れた指は、蠢《うごめ》くようにしてなかでその存在を主張している。

智紀は身を捩って逃げようとしたけれども、それすら押さえつけられ、指で深いところを抉《えぐ》られた。

目にじわりと水の膜が張るのがわかった。

「やめ、て……そんな、とこ……」

痛みはないが、異物感はかなりひどい。そしてあり得ない場所を弄られているというショックに、声まで震えてきた。

「どうして」

「だって……汚い……」

「智紀に汚いところなんかないよ」

まるで酔ったように呟いて、和志は智紀のものに口づける。舌先が根元から先端に向けてすべり、智紀の甘い悲鳴を引き出した。

ふたたび口腔に包まれ、ゆるゆると扱いて強く吸われた。

「ぁああ……っ」

限界に近かったものは呆気《あっけ》なく弾け、味わったことのない絶頂感に全身が貫かれた。

一瞬飛んだ意識はすぐに戻ったけれども、身体中に力が入らない。そんな智紀を和志は抱き上げて寝室へと運んだ。

一人で使うには大きいベッドに、智紀は下ろされた。

照明はついていないが、ドアを開け放しているからリビングからの明かりが入ってきて十分に視界は利いていた。

Tシャツを脱がされて俯《うつぶ》せにさせられ、腰だけ上げるというポーズを取らされる。正気だったらとても出来ない格好だった。

「ん……ぁん……」

もどかしいほどの疼きに、鼻にかかった声が漏れた。舌が鳴らす湿った音に、息というよりは甘い声が重なった。

弾力があるものが入りこむ感触に智紀は喘いだ。

気持ちがいい。じわりとしたその快感は毒のように指先まで伝わっていき、智紀の思考まで犯していく。

このまま溶けてしまいたかったのに、智紀は無意識にうっすらと目を開けた。途端に自分の肩越しに和志の姿を見て硬直した。

「……え……」

なかにまで入り込み、浅く出入りを繰り返しているものがなんだったのか、その瞬間にわかってしまった。

冷や水を浴びたように、身体の熱が冷めていく。

まさかそんなところを舐めるなんて——。

「そんなの、いけない……っ」

口を付けていい場所じゃない。まして和志がしていいことじゃない。

ぶるぶると震えながら、まだ力の戻らない手でも這うようにして逃げようとしたが、強引に引き戻されてしまう。

「言っただろう?　智紀の身体は、どこもかしこもきれいだ」

「そんなわけ……な……い、やぁっ……」

強引に指で割り開くようにして、和志は後ろに舌を差し込んだ。

抵抗はした。だがそれも反射的なものに過ぎず、後ろを舐められる快感に、ベッドの上で身悶《みもだ》えることしか出来なくなった。

気持ちがいい。こんなことはダメなのに、与えられる刺激を無視出来なかった。いったんは冷めた熱も、身を焦がしそうなほど智紀のなかで荒れ狂っていた。

故意にだろうか、和志はさっきよりも音を立てて舌を出し入れする。そうして同時に指も差し入れ、ゆるゆると動かした。

「っぁ……ん、だ……め……だめっ……」

泣きながら口にする言葉に、もう意味などなかった。濡れきった声には甘さがあり、感じているのは和志にもわかっていたからだ。

懇願に似た響きは、やがてすすり泣くようなものに変わる。それでも和志は許すことなく智紀の後ろを愛撫し続けた。

羞恥《しゅうち》も困惑も、身体の異物感さえも、甘い快楽に塗りつぶされていく。

いつしか智紀は自ら腰を揺らし、甘いばかりの声を上げていた。

違和感は甘い疼きに形を変えている。指で奥を抉られるたびに、もっと深くまで欲しいと身体が求めるようになってしまった。

気が遠くなるほどに後ろを愛撫され、意識がぼんやりと霞《かすみ》がかったようになった頃、ようやく和志は顔を上げ、指を引き抜いた。

ぐったりとした身体を仰《あお》向《む》けにするしぐさは、宝物を扱うように丁寧だ。脚《あし》を抱え上げ、膝にキスを落とす。

だが恭《うやうや》しいほどの触れ方はそこまでだった。和志はほぼ一息に、容赦なく智紀のなかに押し入った。

「あっ、ぁああ……！」

我に返ったときには遅く、信じられないほど深くまで和志が入り込んでいた。

痛みはさほどでもない。それよりも広げられている感覚がつらくて、焼けただれそうなほどなかのものが熱く感じた。

とうとう身体を繋げてしまったことに、智紀は目を瞠る。

無意識に弱々しくかぶりを振っていた。

「だ、め……抜いて……っ」

「痛いか？」

「い、たく……ないけど……でもっ……」

正直に答えると、大きな手が頬に触れてきた。顔はまっすぐに見られずにいるが、和志の気持ちはわかってしまう。

離れる気はないと、言われた気がした。

「愛してる……」

囁かれたその言葉が免罪符になるなんて思っていないけれど、智紀のなかには怒りも嫌悪もありはしなかった。

目を閉じて、答えを拒む。

束《つか》の間《ま》の静寂のあいだに和志がなにを思ったのかはわからないが、やがて彼はなにかを振り切るようにして動き始めた。

「ひっ……ぁ、あっ……」

焼け付くような熱さに悲鳴が漏れた。

容赦なく腰を打ち付けられ、同時に前を弄られて、智紀は縋《すが》るようにして和志の背中にしがみついた。

智紀のなかで和志自身がさらに質量を増したのがわかる。

「や、あっ……ん、あん……っ」

さんざん舌と指で弄られていたせいなのか、突き上げられるたびに甘い衝撃が身体を貫いて、指の先まで快楽が浸食していくようだった。

また思考が鈍って、頭のなかが白く霞んでいく。だめなのに、もっとして欲しいと本能が望んでいた。

和志は何度も耳元で甘く愛を告げた。

ぞくぞくとした痺れが背筋を這い上がり、それもまた快感なのだと智紀は思い知る。

抱きしめられたまま引き起こされ、いくども下から突き上げられた。

濡れた智紀の嬌声と、乱れた互いの呼吸。そこに二人の肌がぶつかる音が絡んで、たまらなく淫靡《いんび》な気配が作り出されていた。

「あんっ、や……あ、あ……」

激しく突かれ、呼吸がせわしなくなっていく。鼓動を耳で感じながら、高みから放り出される瞬間を持つ自分がいた。

「智、紀……っ」

「ひっ……あぁぁ……！」

深く抉られた瞬間に、びくんと大きく身体が震える。快楽の塊《かたまり》がぶわりと吹き出してきて、智紀は声を上げて仰《の》け反《ぞ》った。

頭のなかが真っ白になり、自分が強く抱きしめられたことも、肩口に和志が顔を埋《うず》めたこともわからない。

ただ奥深いところに注がれる熱い飛沫《しぶき》だけが、やけにリアルに感じられて仕方がなかった。

翌朝の目覚めは、人生のなかで一二を争うほどつらいものだった。

高熱があるときのように重たい身体《からだ》と、ざらざらで息のような声しか出ない喉《のど》と、節々と筋肉の痛み。なによりも口に出して言いたくもないような場所が、じくじくと疼《うず》くような違和感を訴えていた。

「なに……これ……」

掠《かす》れた声は、ほとんど息に近い。こんなにつらい思いを裕理《ゆうり》もしたというのだろうか。あるいは智紀《ともき》だけが、これを味わっているのだろうか。

考えても仕方ないことは早々に放棄し、深い溜《た》め息をついた。

だいたい智紀は初めてだったのに、何度も何度もするのはいかがなものか。まして失神させるなど。

あれが和志《かずし》のスタンダードなら少し怖い。

とりあえず家の人たちには風邪《かぜ》をひいたといってごまかすしかなかった。本当のことなど言えるはずがないのだ。

喘《あえ》ぎすぎて声が出ない、なんて。

「っ……」

智紀は顔を真っ赤にし、ベッドに潜《もぐ》り込んだ。

恥ずかしくてたまらなかった。昨夜のことは、生々しいほど鮮明に思い出せてしまう。触れてきた指や舌の感触や、おかしくなりそうなほどの快感や、和志の声や息づかい、それから触れあった肌の温かさ――。

喉の奥で変な悲鳴を上げ、智紀はきつく目を閉じた。

（あんな、こと……っ……）

和志の前で、さんざん痴態《ちたい》を晒《さら》してしまった。そもそも和志がそんな状態を作り出したわけだが、思い出すだけで悶絶《もんぜつ》したくなる反応をしたのは自分なのだ。

恨み言の一つや二つ、言ってしまいたかった。実際に目の前に来たら、絶対に言えない自信はあるが。

そう、恨み言は言いたい。けれども和志への怒りはなかった。

一夜明けてはっきりわかったのは、あんなことをされても和志のことを嫌いにはなれない、ということだ。

冷静で理性的な和志があんなふうになるなんて、よっぽどだろう。いくらセックスに対するハードルが低い人だとしても、軽い気持ちで智紀を抱いたわけじゃないのだ。

本気なのはわかっていた。そうでなければ、弟だった人間を相手に告白なんてしない。

だが和志自身が言うように、智紀が彼を兄としてしか見られないことも確かだ。いや、見ようとしなかった……というのが正しいだろうか。

息苦しくなって顔や腕を出し、一人で悶々としていると、静かにドアが開いて和志が入ってきた。

「智紀……」

呼びかける声はよく知った声で、昨夜の狂気じみた熱はもう跡形もなかった。それでも向けられる視線は熱っぽく、余韻《よいん》がはっきりと残っていた。

直接見なくても、肌で感じた。

智紀は目をあわせようとして、やめてしまった。いまは気まずくて、とてもじゃないが直視なんて出来そうもない。

恥ずかしくて情けなくて、ほんの少し後ろめたくて。

本当ならば智紀は被害者で、和志を責めてもいいはずだった。恥ずかしく思うのは当然としても、後ろめたさなんて感じるはずがないのだ。

なのに実際それがあるのは、智紀がろくに抵抗しなかった事実があるからだった。

本気で抵抗すれば——がむしゃらに暴れたりすれば、あんなふうに簡単に最後までされることも、何度も何度も貪《むさぼ》られることもなかっただろう。体格や力で劣るとはいえ、智紀だって同じ男だ。一般的な女性よりは力もあるのだから。

ようするに智紀は心のどこかで和志を許し、最後までされることを望んでしまったのだろう。一方的に身体を弄《いじ》られて繋《つな》げさせられたのに、あり得ないほど感じて悶えていたのがいい証拠だ。

身体は智紀を裏切ったわけじゃなく、従っていたのかもしれない。与えられた快楽に負けて、もっとと望んでしまったのだ。

「すまなかった」

唐突な謝罪に、智紀は「え」と小さく声を出した。

直視していなくても、和志が頭を下げたことはわかった。

和志はベッドの端に座り、じっと智紀を見下ろしている。手を伸ばそうとして、引っ込めたのも見えた。

そういえば知らないあいだに智紀は服を着せられていた。昨夜脱がされたTシャツとハーフパンツだ。身体の汚れもきれいになくなっているから、意識のないあいだに和志が全身を拭《ふ》くかなにかしたのだろう。

黙り込む智紀に焦《じ》れた様子もなく、また和志は口を開いた。

「俺が怖いか？」

「……嫌だって、言っても……やめてくれなかった……」

だが犯されたこと自体には大して傷ついてもいないのだ。和志が智紀の懇願を無視したことは少なからずショックだったが、恐怖感だとか拒絶感といったものはない。自分でも戸惑うほどだった。

和志を怖いと思ったことはあったが、いまにして思えば、あれは和志の感情の正体がわかっていなかったせいなのだろう。

「あれは、やめなかったんじゃなく、やめられなかったんだ」

「なに、それ……」

言い訳にもなっていない。むしろ開き直った言い分に、智紀は恨みがましい目を向けた。図《はか》らずも和志を見つめることになると、彼はまっすぐに智紀を見つめていた。そこに後悔の色はまったくなかった。

「昨日まで、慎重にやってきたっていうのにな」

自嘲《じちょう》気味に和志は呟《つぶや》いた。

どうやら虎視眈々《こしたんたん》と狙われていたらしい。きっと今回のことがなくても、いずれは和志に捕まっていたのかもしれない。

「どうして、急に……？」

顔を見ないまま問いかけると、小さな嘆息が聞こえた。

「なんだろうな……おまえが逃げ帰ろうとしてるのを見て、コントロールが利かなくなったんだ」

なんとしてでも自分のものにせねば、という焦燥感に駆られたのだと和志は言った。拒絶され、ますます歯止めが利かなくなったと。そうして組み敷きながら、怯えられたり抵抗されたりしているうちは、身体で繋ぎ止めるしかない……などという、無茶苦茶なことを思ってしまったらしい。

「僕の意思は、無視なんだ……」

「悪かったと思ってる。ただ反省はしてるが、後悔はしてない。本気だって言ったことも撤回はしない」

「でも……」

「俺が恋愛対象に思えないのも知ってる。だがいまは否定しないでくれ」

和志の声は淡々としていて、とても昨夜の官能的な響きはない。本当に同じ人なのかと疑ってしまいそうなほどに。

だがこのままなかったことには出来ないのだろう。

「これからどうすればいいのか……わからないよ」

告白を受け入れるかどうか、だけではなく、どう接していけばいいのかも、智紀にはわからない。少なくとも昨日までのように振る舞うことは難しそうだ。

なにしろ目をあわせることすら出来そうもないのだから。

「そうだな」

「こうしろ、って言わないんだ？」

「言える立場じゃないし、無理してやっても仕方ないだろ？　智紀の言うことやすることは拒絶以外はなんだって受け入れるし、いつまでだって待つ」

「……あんなことしたくせに」

「本当にすまなかったと思ってる」

責める言葉を口にすると、苦笑が聞こえてきた。そこに妙な余裕があるように聞こえて、おもしろくなかった。昨夜といまでは、醸《かも》し出す雰囲気すら違うのだ。これもまた智紀が知らない和志だった。

真面目《まじめ》で尊敬出来る兄とも違うし、冷たくピリピリと張り詰めていたときとは違う。再会してからの、どこか遠慮がちな彼とも、昨夜のような熱に浮かされた彼とも違った。

ひどく落ち着かない。本当にこれからどうしようと、智紀は小さく溜め息をついた。


いけないことをしてしまった。そんな気持ちが付きまとい、あれからずっと智紀の心を重くしている。

男同士でセックスをし、自分でも引くくらいに感じて、あられもない姿を晒してしまった。その恥ずかしさは並ではなく、目が覚めてからずっと和志の顔を見られずにいる。

後ろめたさがあるのか、和志はそのことについてなにも言わなかった。彼もまた罪悪感に苛《さいな》まれていたのかもしれない。それでいて焦っている様子もないのだから、自分一人が悩んで振りまわされているようでおもしろくない。

「じゃあ、また」

「気をつけて」

送ると言うのを断って、智紀は橋本《はしもと》家から車をまわしてもらった。迎えが来るからと言えば、和志は引き下がるしかないとわかった上で。

迎えを呼んだのは、なるべく歩く距離を少なくしたかったからだ。タクシーだと門の前で下りねばならないが、家の車ならば玄関先まで付けてもらえる。単純明快なその理由は和志には告げなかった。

ぎこちない態度のまま、智紀は迎えの車に乗り込んだ。

「どうしよう、ほんとに……」

どよんとした気分を抱え、帰宅すると重たい身体を引きずってなんとか自室に戻り、大きな溜め息をついた。

血の繋がりはないとわかっていても、どうしても背徳感が拭《ぬぐ》えない。つい先日まで、十八歳まで兄と信じていたのだから、急に他人だと言われても、なかなか感覚は切り替わらないのだ。

「こっちのほうが重大だよ……」

自分が男の身で同じ男に抱かれたということは、智紀のなかで大きな問題ではなかった。もちろんゼロではないけれども、それよりも兄だと思っていた人に抱かれた、ということのほうが重たかった。

ベッドに突っ伏して一人悶々としていると、軽くノックの音が聞こえた。

「裕理……」

ノックの音で察した通り、ひょいと顔を覗《のぞ》かせたのは裕理だった。

「おかえりー」

「うん。ただいま」

「いま、いい？　別に用事とかじゃないんだけど、ちょっと話したくてさ」

背もたれを前にして椅子に座り、裕理はやたらと機嫌がよさそうに言った。

「僕も、話したいことが……」

裕理の顔を見たら、胸の内を吐露したくなった。普通なら言えないことだが、同性の恋人を持ち、抱かれている立場の裕理にならば言えると思った。一人で溜め息をついているよりもいいはずだ。

「おー、なになに？」

「実は……その……」

「うん？」

言いよどむ智紀を、裕理は優しく促した。急かすわけでもなく、ただじっと智紀を見つめて次の言葉を待っていた。

意を決し、智紀は口を開いた。

「か……和志さんに、告白されて……っ」

「おおー、ついに！」

パチパチと拍手され、智紀は目を瞠《みは》る。裕理は少しも驚いていないし、その顔も満面の笑みだった。

「え……え？」

予想外の反応だった。神妙な顔をして聞いてくれるに違いないと思っていたのに、まさか拍手されるとは。

「いやそうかなー、とは思ってたんだよなぁ」

「なん、で……」

「顔見てピーンとね。っていうか雰囲気？　もうさ、色気ダダ漏《も》れなんだもん。ああ、和志さんとしてきたんだなーって」

「そこまでっ？」

まさかセックスしたことまでバレていたとは思いもよらず、智紀はカーッと頬《ほお》を熱くした。恥ずかしさのあまり走り出したいような衝動に駆られた。

そのまま固まっていると、裕理はさらに言った。

「前から和志さんのことはわかってたっていうか、執着が尋常じゃねーな、とは思ってたんだよね。加堂さんともそんな話、してたし」

「加堂さんも……」

「いや、むしろ俺よりそういうの気づくって。けど、よかったな」

「よ……よかったのかな……」

智紀は思わず遠い目をした。

裕理の様子を見る限り、彼は智紀たちが両思いだと思っているようだ。どう伝えたものかと目が泳ぎそうになった。

気づいた裕理がきょとんとして首を傾げた。

「……なんか問題あったのか？」

「問題っていうか……」

「あ！　もしかして和志さんって性癖に問題あり？　変なプレイしたがるとか？」

「そうじゃなくてっ。いや……あの、そのへんは正直わからないんだけど……その……」

本当のことを打ち明けるのはなかなかに勇気がいる。まして上手に説明しなくては和志が悪者になってしまう事態だ。

「実はその……」

「うん、なに？」

「ご、合意じゃなかったというか……」

「レイプっ⁉」

裕理の驚愕《きょうがく》の声に――というよりも言葉に、智紀は息を飲んだ。レイプという響きが強烈すぎてそのまま固まってしまう。

生々しくて、いかにも犯罪という感じがした。

「……智紀？」

「あ……うん、いや……なんていうか、そういうんじゃないような……」

悲惨さはなかったはずだ。いきなりだったし、さんざん泣かされたし、身体にはまだ筋肉痛や疲労感が強く残っている。恥ずかしかったし、少し怖いと思ったときもあった。だが精神的に傷ついたかと言えばそうではなかった。

案外図太い自分に呆《あき》れていいやら感心していいやら、わからない状態だ。

「無理矢理されたんじゃなくて？」

「ええと……強引に？」

「どう違うんだよ？」

裕理の口ぶりは呆れている。だが顔はどこか楽しげに輝いて見えた。おもしろがっているというわけではなく、興味津々で仕方ないといった感じだった。ようするに他人の「恋バナ」が好きなのだ。

「どうって……」

「抵抗しないで、されるがまま……みたいな？」

「……みたいな」

「マジか」

「いやっ、したけど！　ちょっとはした……よ」

本当に「ちょっと」だったなと、思い返してみてあらためて溜め息をつきたくなる。本気で嫌がって抵抗すれば、和志だって最後まではしなかったと信じている。甘い考えかもしれないが、そう思うのだ。

「もしかして、嫌じゃなかった？」

「……そうかも」

「えーと……たとえば相手が須田《すだ》……は論外だから置いといて、加堂《かどう》さん……も俺が嫌だから置いといて。うーん……じゃあ俺！　俺が襲ったらどーする？」

笑顔で詰め寄られても、智紀の頭には「ない」という言葉しかなかった。

智紀にとってはとても近い存在だ。まだ出会ってわずかとはいえ、そこは血の繋がりというものなのか、あるいは裕理の人柄なのか、大事な人になっているのは間違いない。

だが仮にもし告白されて身体を求められたとしても、受け入れることは無理だった。そんなふうに見ることは出来ないからだ。

「いろんな意味で無理」

「うんうん」

「想像の限界超えてるし……あ、女の子に襲われてるような感じなら……」

「どういう意味だよ」

ムッとして、裕理は乗り出していた身を元に戻した。その顔すら可愛《かわい》いのだが、指摘することはやめた。

正直なところ、裕理を相手に想像してみてもあまり意味はない気がした。彼が加堂にされている側——自分と同じ立場だとわかっているからだ。ならばと、こっそりと加堂で考えてみて、やはり無理だと納得した。加堂には好意を抱いているが、あくまでそれだけだ。同性に抱かれるなんて、基本的に智紀には考えられないことなのだ。

「とりあえず、相手が和志さんだから……っていうことは、なんとなく自覚した」

「だよなー、やっぱ。けど、暴走しちゃったかー。ま、結構ギリギリなんだろうなーとは思ってたけどさ」

「思ってたんだ？」

「うん。だから怖かったんだろうなーって思う」

そういえば初対面のときに裕理はそんなことを言っていたのだった。その後の関係が良好なので、すっかり忘れていた。

「僕も……知らない男の人みたいで、少し怖いって思った」

「こんなの兄さんじゃなーい、みたいな？」

「ちょっと違うかな」

だからと言って自分の気持ちを伝える上手《うま》い言葉は浮かんでこなかった。なによりも戸惑いが強い。そして知らない顔を見せる和志への悲しさと、どこか倒錯的な喜びのようなものもあった気がする。最後の感情が自分でも認めたくないことなので、言うに言えないというのもあるが。

「智紀？」

「あ……うん、ごめん。上手く言えそうもなくて」

「いろいろ複雑ってのはわかるよ。けどさ、ある意味もう兄貴としてしか見られないってことでもないいんじゃねーの？」

「そ……そうなるのかな……」

「兄弟でセックスするとか、ハードル高すぎじゃん。ただでさえ男同士なのに……って、あれ？　近親相姦は男女のほうがヤバいような気がしてきた……いや、でも智紀たちの場合は実の兄弟じゃなかったから、もともといいのか？　んん？」

混乱してきたらしい裕理が首を捻《ひね》りつつ一人でぶつぶつ呟いているのを見て、智紀はくすりと笑った。

なんだか力が抜けた。

「まぁ、あれだよ。親戚のお兄さんくらいに思っとけば。同居してた従兄弟《いとこ》……みたいな感じ。男同士はいいんだろ？」

「あ……うん。そうみたい」

「だったら従兄弟感覚でいいじゃん。男女だったら結婚出来る関係なんだから、別に問題なし！」

論点がかなりずれて着地してしまったが、気持ちが楽になったのは間違いなかった。

そうだね、なんて微笑《ほほえ》みながら頷《うなず》いてはみたものの、智紀の憂《うれ》いが完全に晴れたわけではなかった。

なにしろ根本的な問題が残っている。

あんなことがあった和志を相手に、今後どう接したらいいのかわからない。これは兄弟だろうと従兄弟だろうと、赤の他人だろうと同じことだ。

「明日から、どんな顔して和志さんに会えばいいんだろ……」

「そのまんまでいいじゃん。テンパってもいいし、怒ってもいいし、顔見るなり逃げ出したっていいと思う」

「逃げていいの？」

「いいよ。どんな反応したって、理由はわかりきってるんだしさ。たとえ無視したって、和志さんは仕方ないって思うよ」

「……そうかな」

「ただし、それをずーっと続けてたら、またプツンって切れて同じような目にあうかもしれねーけどさ」

「え？」

よく聞こえなかったので尋ねるも、裕理はなんでもないと笑ってごまかした。

「……そういえば、さっき裕理さらっと『俺が嫌だから』って言ったよね？」

「あ……」

指摘されて初めて自覚したのか、裕理は息を飲んだ後で脱力したような溜め息をついた。

それから苦笑を浮かべた。

「ま、いいか。どうせ気づいてただろ？」

「う、ん……まぁ」

加堂には知らぬ振りをしていろと言われたが、ここまで来てしまっては仕方がないだろう。

裕理の口振りだと、前から気づいていることを知っていたようだし、下手な芝居は打つだけ無駄だ。加堂には不可抗力だと言っておこう。

「そんなわけだからさ、そういう面でも相談に乗るよ。一応、先輩だし」

「ありがと」

「じゃ、俺もう行くな」

勉強するからと言って裕理は自室に戻っていってしまった。

一人になった部屋で、智紀はのろのろと身体を起こす。

「予習しなきゃ」

明日は家庭教師として和志が来る。心は千々に乱れていたが、やることはやらなくてはと思い、重たい身体を引きずって机に向かうのだった。

結局、智紀は裕理が挙げた一番最後の案に近い態度を取った。

無視はしていないが、視線はあまりあわせず、当たり障《さわ》りのない話しかしない。なるべく二人きりにならないようにして、あのときの話題にならないように気をつけている。それはよそよそしいと言っても過言ではないほどだが、和志は甘んじて受け止めていて、なにか言ってくる様子はなかった。

「なんかさ、新手の焦らしプレイに見えてきた」

「プレイって……」

一見優雅に紅茶を飲みながら裕理が言った。ピンと背筋を伸ばし、音を立てずに飲食をする彼は、どこからどう見ても良家の子息だ。もちろん普段はそんなことはしない。今日は加堂の指導――という名の監視の下でランチを食べ、食後の紅茶を飲んでいるのだ。

智紀もまた同じように指導を受けた。一般家庭で育った智紀も、テーブルマナーはあまり詳しくなかったからだ。知識として多少のことを知っているだけだった。

これで何度目かになるが、最初の頃よりは慣れてきたと思っている。智紀の目に裕理の立ち居振る舞いが完璧に見えているように、裕理にも智紀は品よく場慣れしているように見えるらしい。

「最近の和志さんって、お預け食らってる犬みたいじゃん」

「ええっ？」

「加堂さんも言ってたよ。本人に」

「えぇぇっ！」

動揺してカップがソーサーに当たり、ガチャンと耳障りな音を立てた。普段だったら音を立てたことを謝罪するのだが、それどころではなかった。

加堂はあっさりと頷いた。

「自覚はしているらしい。ただあれは犬じゃなく、狼《おおかみ》だな」

「な……なんで、そんな話を……」

「ある程度の情報は流しておかないと、また暴走しかねないからだ。後は今後の話しあいをいろいろとね」

「今後、ですか？」

含みのある言い方が気になって、その先を促してみたものの、加堂は薄く笑みを張り付かせるだけでなにも言わなかった。どうやら踏み込んで欲しくない、あるいは踏み込む必要のないことらしい。

嘆息し、智紀は引き下がった。

「で、折り合いはまだつかないのか」

「折り合いっていうんですか、こういうのって」

「問題は、元兄貴との恋愛に踏み出せるか否かだろう？」

「恋愛感情の有無もあります」

「有無、ね」

意味ありげな笑みを浮かべるだけで、加堂はそれきり黙ってお茶を飲む。思わず裕理を見ると、なぜか顔を背《そむ》けられた。

「二人ともなに？」

「いや……あんまり余計なこと言うのもあれかなって思って。なんていうか、こういうことは誘導しちゃだめだと思うし」

「それってどういう……」

「なにか揉《も》めてるな」

ふいに加堂が呟き、廊下へ出ていった。智紀には聞こえなかったが、どうやらなにかしらの異変に気づいたようだった。

「裕理、聞こえた？」

「全然。きっとあれだよ。気配がしたとか、そういうわけわかんねーことだよ」

しれっと答えて裕理は焼き菓子を口に放り込む。加堂が離席したのをいいことに、気が抜けた格好をし、行儀が悪くなっていた。

それも束の間《つかま》のことで、ドアが開いた瞬間に姿勢を正したが。

加堂は手に封書を持っていた。大判の、見覚えのある色の封筒だ。

「もしかして須田さん？」

「ああ。君に会わせろと言って吉野《よしの》と押し問答をしていたが、帰した。代わりにこれを預かったが……どうする？」

きっとろくな情報は入っていないのだろう。また探偵を動かしたようだが、いまさら智紀たちにとって有益な情報が出てくるとは思えなかった。まして報告書は智紀宛だという。橋本家にまで影響があるような事態ならば、隆《たかし》に行くはずなのだ。

「なにか言ってましたか？」

「見ないと後悔する……らしいぞ」

「あ、それ絶対逆。見たら後悔するよ、きっと。智紀、見ないほうがいいって」

「でも、見ないのも気分的にすっきりしないし」

「じゃあ加堂さんが先に目を通すっていうのは？　検閲ってことで」

なるほど、妙案だ。仮に内容が智紀を脅すためのもの——智紀が不利になる内容だとしても、見られて困ることなどないはずだ。智紀はこれまで調べられて困るようなことはしていないと言い切れるからだ。唯一あるとすれば、先日の和志との夜だが、あのマンションで締め切って行われたことに他人が介入出来るはずもない。須田を警戒し、加堂の指示で盗聴器の類《たぐい》は徹底的にチェックされているのだ。それは和志の私物も例外ではなった。むしろ須田にとって和志は邪魔者として認識されているようなので、橋本家と同等のチェックがされていると言っていい。

「お願いします」

軽く頭を下げると、加堂は報告書を取り出して目を通し始めた。そうして表情をまったく変えないまま、顔を上げた。

「どうでした?」

「呼び出して釈明をさせたらどうかな」

「須田さんに?」

「いや、和志くんに」

「はい?」

差し出された報告書をぱらりと捲《めく》る。

その瞬間に智紀は顔を強《こわ》ばらせた。

まず目に入ったのは添えられた複数枚の写真で、そこには和志と、彼に寄り添う女性が写っていた。

しばらく写真から目が離せなかった。背景からすると大学だろうか。女性はタイプこそ違うが美人ばかりで、高校生のような顔をした可愛らしいタイプから、華やかな大人っぽいタイプ、清楚でおとなしそうなタイプと、三人もいる。和志の腕に抱きついていたり、しなだれかかっていたり、抱きしめられていたりと、いずれも身体が密着しているのだ。

そして文面に目をやると、現在和志は三人の女性と付きあっている、と断言していた。女性たちの友人からの証言だという。

すうっと身体が冷えていくような錯覚を起こした。ひどく嫌な、ドロドロとした感情が胸の内で渦巻いている。

「なに、これ……」

地を這《は》うような声に、裕理がびくっとしていたが、気にしていられる余裕はなかった。

「呼び出すか?」

「そうしてください」

なんだかとても腹立たしい気分だった。無理矢理にきわめて近い強引さで抱かれたときだって怒りはなかったけれども、いまは非常に腹が立っている。

「な、なにごと? どうしたの? それ、なにが書いてあんのっ?」

「浮気」

「え……」

「しかも三人！」

「まだ君と付きあってるわけじゃないから、浮気と言ってもいいものか、微妙な話だな」

冷静な突っ込みに対して、智紀はキッと加堂を睨《にら》み付けた。常の智紀ならば絶対にしないだろう行為に、裕理は「ひぃっ」と情けない声を上げておろおろしていた。涙目になっているようだ。

「と、智紀が切れた……」

「美人が怒ると迫力があるな」

「そんなことより早く呼び出してください」

「ちょっ……変なスイッチ入った！　人が変わっちゃったじゃん。目も据《す》わっちゃってるし、超怖いんだけど」

裕理が小声でぼそぼそ言っているが、聞こえないふりをした。実際、半分も聞き取れていなかったのだが。

目の前で加堂は和志と連絡を取っていた。

「急にすまないな。ところでいまから都合はつくか？　君にとって重大な問題が発生したんだが……そうだ。詳細は来てから話すが、説明責任は果たすべきだと思うぞ。でないと、このまま逃げられるかもしれない」

からかっているのか脅しているのか不明なことを言い、加堂は和志に返事をさせたようだった。大学にいたようだが、いまから来るということだった。だいたい三十分ほどで着くことだろう。

電話を終えた加堂は、智紀に怯える裕理の頭を小突いて笑った。

「兄の威厳はどうした」

「そんなのあるって言った覚えねーよ」

「確かに。で……智紀くんとしては、一対一の話しあいを望むのかな？」

喉の奥で楽しげに笑った後、加堂は智紀を見やった。

「はい」

「では、お開きにしようか。和志くんには情報を入れないでおくよ」

「お願いします」

かつてないほど強気な自分に智紀自身が誰よりも驚いている。自分が和志に対し、こんな気持ちを抱けるとは思っていなかった。彼は子供の頃から絶対的な存在であって、一時期は彼の言うことすることはなにもかもが正しい、と当たり前のように思っていたこともあったくらいなのだ。

「キリッとして格好いいけどさぁ……そのまま和志さんと対決すんの？　すげーびっくりすんじゃねーの？」

「そうかもしれないね」

「……うん、あの……頑張れ」

もの言いたげな裕理だったが、結局なにも言わないまま加堂と離れに行ってしまった。小さな声で「智紀は怒らせないようにしよう」と囁《ささや》いていたのが聞こえたが、聞こえなかったことにした。

自室に戻り、ちらちらと時計を見ながら過ごすうちに三十分がたった。一応勉強をしていたのだが、ちっとも頭に入ってこなかった。

妙に落ち着いている。ノックの音がしても、緊張したりはしなかったし、相変わらず冷静なまま返事をした。

和志は怪訝《けげん》そうな顔で入ってきた。

「どうしたんだ？　吉野さんに、直接ここへ来るように言われたんだが……」

どうやら加堂が指示を出していたらしい。呼びつけた加堂のところではなく、智紀の部屋を指定されたことと、その加堂の姿がないことに和志は戸惑っているようだ。

無言で見つめる智紀の様子に異変を感じ、和志は心配そうに近付いていた。

「なにかあったのか？」

近くまで来た和志から、ふわっと嗅《か》ぎ慣れない香りが立った。

香水なのか、やけに甘い香りだ。どう考えても男が付けるタイプではないだろう。となればこれは移り香だ。あの写真の通りに密着しているのなら、香りが移っても不思議ではなかった。

「……智紀？」

相変わらず目はあわせず、智紀は口を引き結んだ。

顔も見ない、言葉も発しないでは、和志もお手上げ状態だった。ただ智紀が怒っていることはわかっていて、ひどく困惑した様子だ。

胸だけではなく胃のあたりまでムカムカしてきた智紀は、すっと息を吸い込んでから一気に言った。

「和志さん、前に彼女いないって言ってたよね」

「は？」

「それ本当？」

たったそれだけの会話だったのに、察しのいい和志にはすぐに事態が飲み込めたようだった。大きな溜め息が聞こえた。

「また須田とかいう男か？」

「そうだけど、答えは？　彼女たち、なに？　三人もいるよね？」

「あれは彼女でもなんでもない。一方的に付きまとわれてるんだ」

「そうは見えない写真もあったけど」

しなだれかかったり腕に抱きついたりというのは、相手からの一方的な行為でも通るだろう。冷静に思い返してみれば、どちらも和志の顔ははっきり写っていなかった。アングルの問題だ。だから表情はわからず、和志が迷惑そうな顔をしているのか喜んでいるのかも判別出来ない。

だが最後の一枚は少し違う。顔こそ見えないが、和志が自ら女性の背に手をまわしているのだ。

証拠写真を突きつけると、小さい舌打ちが聞こえた。

「この女が俺の前で転んで倒れ込んできたんだ」

それをとっさに受け止めたというのが和志の言う事の真相らしい。そう言われて見れば、見えなくもなかった。

智紀はふうと溜め息をついた。

「本当だ。信じてくれ」

「でも前例があるし」

「だからそれは、智紀を弟だと思っていた頃の話だ」

「和志さんの倫理観って、よくわからない。男同士やセフレはよくても、兄弟はだめなんだ?」

「それはそうだろう」

「僕はセフレもだめだけど……」

ただし男同士に関してはクリアしてしまっているので、突き詰めるのはやめにした。同性愛が絶対的なタブーの人もいるのだから、そういった人たちから見れば智紀も和志も同じようなものなのかもしれない。

「なかったことには出来ないが、これから先には絶対にない。俺は智紀以外はいらないし、抱きたいとも思えないんだ」

和志は智紀の前まで来ると、膝《ひざ》を折って手を取った。

ついびくりとしてしまったが、振り払うことはしない。嫌ではなかったし、和志からはあの夜のような気配を感じなかったからだ。

手の甲に和志は唇《くちびる》を落とした。

まるで貴人への忠誠を示すようなしぐさにドキッとする。思わず和志の顔を見つめていたら、顔を上げた彼と目があってしまった。

ほぼ二週間ぶりのことだった。

「俺の気持ちを疑わないでくれ」

「……そこは疑ってない」

智紀は溜め息をつき、和志は手を離すことなくじっと智紀を見つめた。

「ほかにはないか？　聞きたいことがあるなら答えるよ」

「聞きたいこと……それじゃ、あの女の人たちの友達が言ってることは？　それぞれの友達が、あの子は稲森《いなもり》和志の恋人だ……みたいなこと言ってるみたいだけど」

報告書ではそういう証言を得たと書いてあるのだ。そして周囲の認識も混沌《こんとん》としていて、噂《うわさ》が定まっていなかった。一人が本命でほかが遊びだという者、全員が遊びだという者、留学前からの付き合いが続いているだけだ、という者。だが彼女たちが一方的にまとわりついている、という話はないようだった。

「でたらめだ」

和志はきっぱりと言い切った。

「全部？」

「そうだ。俺はいま誰とも付きあっていないし、あいつらに番号もアドレスも教えた覚えはない」

「っていうことは、もしかして教えてないのに知られてる……？」

「全員じゃないが、一人はどこからか手に入れたらしいな。たぶん研究室の誰かだと思うが、着信拒否したから問題はない。手に負えなくなったら番号を変えるし、常軌を逸した言動になったらストーカーとして被害届を出すことを考えてる」

「え……」

「勝手に彼女だと吹聴《ふいちょう》されたからな」

うんざりしたその様子に、和志のストレスの強さが表れていた。苦々しい顔で吐き捨てる様子は見たこともないものだった。かつて智紀に冷たく接していたときは、いまにして思えばロボットみたいに感情が見えなかったから。

ここ数ヵ月で、いろいろな彼の顔を見た。人間くさくて、意外にも年相応なところがあって、余裕がなくて。

完全無欠の存在なんかではなく、自棄《やけ》になったり焦ったり、ときには失敗もする当たり前の人間なのだ。

「和志さんでも、思い通りにならないことはあるんだね」

「思い通りにならないことだらけだ」

「そうなの……？　そっか、同じなのか。なんていうか……ずっとね、和志さんは僕とは全然違う人間なんだ、って思ってた」

「そんなことはない」

「うん……そうなんだろうな、って思った。ようやくだけどね。手の届かない存在じゃないんだなって」

自然と少し遠い目になっていた。

「兄弟だったときの話か？」

「そう。でも違ってた」

どういう意味なのかと少し不安そうな顔をする和志に、ふと笑みが浮かんだ。

きっと和志は、智紀に幻滅されたり拒絶されたりすること、そして嫌われることを、ひどく恐れている。智紀がそうであるように。

まずいなぁ、とひそかに思う。なんだかこんな和志に、きゅんとしている自分がいた。

「いまのほうが、いいよ」

「兄弟関係よりも、という意味か？」

「距離的な問題だよ。和志さんがすごく身近に感じるっていうか……」

「そうか」

和志はひどく嬉しそうだった。彼を取り巻く環境は少しばかり不穏なものがあるけれども、そんなものは些細《ささい》なことだと言わんばかりだ。

その顔を見ていたら、なにも言えなくなってしまった。

ひとまず追及は終わりだ。疑念が晴れたわけではないが、時間がたって冷めたのか、あるいは必死な和志を見ていて怒りが萎《しぼ》んでしまったせいなのか、強気の姿勢もどこかへ行ってしまった。

ごまかされたわけじゃない。だが教えてもいない連絡先を入手し、実際に電話をかけてきたりメールを送ってきたりするのは問題だし、いまはそちらのほうが重要に思えただけだった。

「えーと……嫌かもしれないけど、一応加堂さんに話してみよう？」

和志一人でもなんとかなるかもしれないが、事情は伝えておいたほうがいいだろう。

「そうだな」

あっさりと了承した和志を連れて、居間へと向かう。そのあいだに裕理に電話をし、二人で来るように頼んだ。どうせ一緒にいるだろうと思っていたが、実際その通りだった。加堂はこちらの考えを読んで待機していたらしかった。

四人で顔をつきあわせ、事情を説明すると、加堂は少し考えるようなそぶりを見せた後、言った。

「念のために、しばらくここで暮らしてみたらどうだ？」

「いや、しかし……」

「そのほうが智紀くんも安心だろうからな」

二重の意味で、と加堂は付け足した。身の安全という意味でもあるし、行動を監視しやすいという意味でもあるらしい。少なくともあのマンションに誰かを連れ込むことは難しくなるのだ。

こうして和志はしばらく橋本家で生活することになったのだった。

冬が近くなると、智紀の誕生日がやってくる。

ここ数年は寂しい誕生日を送っていたのだが、今年は橋本家が盛大に祝ってくれることになった。盛大といっても外へ向けたお披露目《ひろめ》をするわけではなく、身内で賑やかにという意味だ。

「ってことで、俺が企画するね。あ、ちゃんと加堂さんのチェック入るから安心して」

「別に心配してないよ」

「マジ？　やっぱ智紀は優しいよな。加堂さんなんかひでぇんだよ。俺一人に任せたら、小学生のお誕生会になるか、ホストクラブとかキャバクラのパーティーになりそうだ、って」

もちろん冗談なので裕理も本気で怒ってはいないし落ち込んでもいないのだが、なかなかきわどいことを言うものだと思った。

裕理はここへ来る前に、夜の街で客引きをしていたのだ。法に触れる行為ではなかったというが、ギリギリだったと聞いている。加堂の言葉はそれを揶揄《やゆ》したものだが、根底に信頼関係があってこそ成立する冗談だろう。

あらためて羨《うらや》ましいと思った。自分たちはそこまでの関係は築けていないからだ。

「全員参加だから」

「嬉しいな」

裕理や隆だけでなく、加堂や吉野、そのほかの使用人たちもこぞって祝ってくれるのだという。プレゼントのリクエストを聞かれた智紀が悩んだ末に出した答えを持って、裕理は軽い足取りで智紀の部屋を出ていった。

「いかにも賑やかなことが好きそうだな」

そう裕理を評した和志に黙って頷く。彼はもうすっかり橋本家での生活に慣れたようだった。少なくとも智紀の目には、自分よりも堂に入ってるように見えた。

以前よりずっと顔をつきあわせる時間は増えたものの、二人の関係はまったく進展していない。

キスもあの夜以来していなかった。あの夜の激しさが嘘《うそ》のように、和志は視線や言葉で愛を告げてくるのみだった。智紀が返事をするまでは手を出さないと決めているのだ。

ときおりあの夜のことを思い出し、落ち着かない気分になることは誰にも言えないでいた。特に夜だ。和志の視線やしぐさを意識してしまい、一人になってベッドに入ってからも、なかなか寝付けないことがあった。

「智紀？」

「え……あ、なに？」

「相談があるんだ」

やや緊張の色を孕《はら》ませて和志が居住まいを正す。相談という言葉と雰囲気に、智紀は身がまえてしまう。

「なに、相談って」

「相談というか、頼みごとか。そんなに深刻なことじゃない。気楽に考えて、断ってくれてもかまわない」

「あ、うん」

「誕生日の当日は橋本家で祝うことになるだろう？」

「だろうね。お祖父《じい》さんの身体のこともあるし」

隆はまだ外で食事が出来るほど快復してはいない。まして彼を置いて屋敷外のどこかで祝う、などというパターンは絶対になかった。

「だから当日は諦《あきら》める。代わりに前日を、俺にくれないか？」

「え？」

「二人だけで過ごしたいってことだ。前日から俺のマンションに来てもらって、泊まって、当日一緒にこっちに戻ってパーティーをする」

まっすぐ見つめてくる和志から目を逸《そ》らし、無意識に胸のあたりを押さえる。心臓が早鐘を打って、体温すら上がっているような気がした。

「で、でも泊まりなんて、そんな……だってわざわざマンションって……」

二人きりで祝いたいというだけならば、橋本家にいても出来ることだ。日付が変わる瞬間に、どちらかの部屋で一緒いればいいことなのだから。基本的にその時間は誰も部屋に出入りしないのだし、たまに遊びに来る裕理も空気を読んで遠慮してくれることだろう。

和志もそれくらいのことは承知のはずだから、つまりマンションに誘うというのは、下心があるということだ。

警戒心をあらわにしていると、和志は降参するように両手を肩の高さに上げた。

「返事がもらえない限りはなにもしない」

「それって……」

暗に当日返事をくれ、と言っているのではないだろうか。これまで返事を促したり急かしたりということはなかったが、そろそろ焦れてきたのかもしれない。あるいは誕生日だからキリがいいと思ったのか。

いずれにしても、智紀は決断を迫られていた。当日のこともあるが、まずは前日に和志の部屋へ行くかどうかだ。

「そのときになっても答えが出ていなかったら、予定を取りやめてもいい」

どうやら振られることは考えてもいないらしい。その自信の根拠がなにかは理解しているつもりだ。そして自覚もあった。

ようするに智紀の態度や反応が根拠なのだ。あの夜があってなお、和志に怒りや嫌悪をぶつけなかったこと。事実上、色よい返事以外はいらないと言われ、おとなしく黙っていることと。本気で嫌ならばとっくに拒否しているはずなのだから、和志が脈ありと考えるのも仕方ないのだ。

　正直なところ、智紀自身もよくわからなくなっている。

「でも……いつまでも、このままなのもどうかと思うし」

　いまの状態がいくら心地いいとはいえ、いつかは答えを出さなければいけないことだ。もし断ったらどうなるのかと考えてもみたが、おそらく意味はないと結論づけた。和志は諦めず、智紀が振り向くまで努力を続けそうだし、そもそも智紀には拒絶しきれる自信がない。遠からず受け入れてしまいそうな気がするのだ。

「返事は急がないと言っただろ。二人きりを希望したのは、ただの独占欲だ。いままで一度もそういうことはなかったしな」

「それは、まぁ……」

　昔は家族で一緒にというのが当たり前だったし、和志との関係が変わってからは、そもそも智紀の誕生日すら祝われなくなっていた。形式的に両親は誕生日の祝いはくれていたが、現金という味気なさだった。それでも完全に無視されるよりはよかったのだろうが。

「わかった。行くよ」

「ありがとう。これ……持っていってくれ」

　差し出されたキーを、少しためらって受け取る。マンションのキーかと確認すると、そうだと答えられた。

「僕が持っててもいいんだ？」

「ああ。俺もずっとここにいるわけじゃないからな。あっちに戻ったら、智紀も自由に出入りしてくれていい」

「さすがにそれは困るでしょ？」

「別に。疚《やま》しいことはなにもないからな」

なるほど、潔白の証明でもあるらしい。

キーを握りしめ、智紀はじわじわと湧いてくる喜びをやり過ごした。やはり嬉しい。特別だと、信頼しているのだと言われているようで、自然と顔がほころびそうになる。

それをぐっと堪《こら》え、和志に目を向けた。

「でも僕、まだ例のこと納得してないから」

三人の女性たちの問題はまだ片付いていない。もちろん和志は一貫して現在の関係を否定しているし、証拠として見せられたスマートフォンの履歴にも、彼女らと連絡を取った形跡はなかった。本気で隠そうと思えばほかにいくらでも方法はありそうだが、和志はそんな小細工はしないだろうから。そこは信用している。

なにしろ弟への恋心に悩み、冷たく当たった挙げ句に逃げるという方法を取った男だ。ようするに器用ではないのだ。

ただし過去の関係を清算しきれていないのも確かなようで、三人のうち一人は、かつて寝たことがある相手のようだ。これは和志が白状したわけではなく、報告書に載っていたことで、確認したら認めていた。

「はっきりと言ってるんだがな……」

彼女たちの話になると、和志はげんなりとした様子になる。三人のうち二人はおとなしくなったらしいが、いつの間にか番号やアドレスを入手していた彼女の行動は理解出来ないのだという。ちなみにその彼女は一見おとなしそうな、清楚と言っても差《さ》し支《つか》えないきれいな人だった。和志が帰国して院に通うようになってから何度か話しかけられ、気がつけば恋人にされてしまっていたという。ちなみに目の前で転び、和志に抱き留められていたのが彼女だ。

「例の人？」

「ああ」

気分が悪いのでなるべく避けてきた話題だったが、思い切って尋ねてみる。最初に話したとき以来、智紀が知ったことと言えば「二人が引き下がった」ことと「残る一人が問題」だということくらいだった。

「具体的にどんな？　前に訴えるかもって言ってたけど……」

「加堂さんとも話したんだが、向こうの行動が微妙すぎてな」

「どういうこと？」

「直接近付いてくることは滅多になくなったんだが、友達やまわりには、あくまで俺の恋人だと言い張ってるらしい」

「でもそれって、ただの痛い人って思われるだけじゃないの？」

特に和志サイドにいる人間ならば、その彼女の言い分など信じないだろう。だがそう上手くはいかないらしい。

「自分で言うのもなんだが、昔の行いが悪すぎて信用度が低いんだ」

「ああ……」

思わず納得した。留学前の素行に関しては、ほぼ報告書通りだったそうなので、帰国後に改心しましたと言ってもなかなか信用は回復しないのだ。そこへ女性のほうから「付きあっている」ということになれば、恋人かセフレかはともかく、和志と関係があることは事実だと思われてしまうのだろう。

そして彼女は殊勝なことを言っているそうだ。曰く「彼は忙しいから、なるべく大学ではそばに行かないことにしている」と。

「和志さんが否定してることに関しては？」

「俺の非道ぶりが話題になった程度だな」

どういうことかわからずに首を傾げていると、詳しい説明が成された。ようするに、そんな健気《けなげ》な彼女を捨てようとしているのだとか、妄言扱いをするひどい男だとか、いずれにしても分《ぶ》が悪いらしい。

さらに彼女は、和志に振られたほかの二人から自分が妬《ねた》まれないように、そんなふうに言っているだけだと庇《かば》ったようだ。余計に彼女の株が上がったことは言うまでもなかった。

「でも本当にそうだったら、友達にも言わないよね。だって噂になっちゃったら、意味なくなっちゃうし」

「そうやって冷静に考えられる人間ばかりじゃないってことだ。ま、俺の評判が悪いのは自業自得だしな」

さして気にしたふうもなく和志は言った。問題の彼女の言動には気味悪さを感じているものの、悪評が立っていることに関してはまったく気にしていないらしい。

「智紀以外の人間にどう思われようと、知ったことじゃない」

「そういうこと言い切っちゃうのもどうかと思うよ」

どうかと言いながらも嬉しい自分をごまかしきれない。ひどく面映《おもは》ゆくて、つい憎まれ口を叩《たた》いてしまった。以前なら絶対に言えなかったことだ。

和志との関係は以前とはまったく違うものになったのだと実感する。もちろん和志のほうがずっと優れた人間で、年も上だけれども、かつて思っていたような差はなくなったはずだ。あるいは最初ならそんなものなどなく、和志を自分とは次元の違う人だと思い込んでいただけかもしれない。

「日頃の行いって大事だよね」

和志が品行方正だったなら、こんな事態にはならなかったのだから、ここは大いに反省して欲しいところだ。そして智紀を恋人にしたいと言うのならば、過去のすべてを清算してからにして欲しかった。

「出来れば僕の誕生日までになんとかしておいて欲しいな」

遠まわしに返事をすることを告げると、和志は神妙な顔で頷いた。

誕生日まで後二週間ほど。それまでに智紀も自分に素直にならねばと思った。


考える時間はそれなりにあった。何度も裕理に相談し、答えを一つに絞って、後は勢いだとばかりに一人で家を出た。

明日は誕生日だ。幸いにして週末にかかっているので、気兼ねなく祝ってもらえそうだ。

「ありがとうございました」

「お気を付けていってらっしゃいませ」

運転手に頼んで連れてきてもらったのは和志が通う大学だった。本当は夕方頃、マンションに行くことになっていたのだが、大学まで迎えに行こうと思い立ち、早めに出てきたのだ。

なに食わぬ顔でキャンパスに入り込み、和志がいるだろう棟へと向かう。周囲からの視線は少し感じたが、咎められるようなものではないので素通りした。

志望校ではないから見学の必要はないのだが、久しぶりに大学の雰囲気を味わいたくなり、少しふらふらしてみた。もう少ししたらメールを打って、大学に来ていることを教えればいい。きっと駆けつけてくれるだろう。

「あ……」

前方を歩いていった女子大生を見て、智紀はわずかに目を瞠った。あれは報告された三人のうちの一人で、一番童顔で可愛らしいタイプの女性だった。

彼女は現在二十歳で、和志の留学前にはまだここにいなかった。帰国してたまたま和志を見かけて勝手に熱を上げたというのが真相のようだ。彼女が和志の恋人だと言い出した理由は、どうやら誰かにそれらしいことを言われたかららしい。つまり和志が彼女のことを好きだから付きあいたいと言っている、などと吹き込んだ者がいるのだ。その男は和志の友人を名乗ったそうだが、いまだにどこの誰かは判明していない。その話自体が捏造《ねつぞう》という可能性も捨てられないそうだ。

これは加堂が調べてくれたことだ。おかげで誤解はかなり解けたと言っていい。

ちなみにもう一人の派手目の美人が留学前に関係を持ってしまった相手で、彼女もまた和志本人からではない言葉に踊らされた一人だった。友人がどこからか聞いてきたという「稲森和志がよりを戻したがっている」という話を真に受けたらしい。よりを戻すもなにも、最初から特別な関係は築いていなかった、などと言っていた和志に、つい冷たい目を向けてしまったのは先週のことだ。

いつか刺されるのではないかという不安も募った。

「おっ、紗弥《さや》ちゃんじゃん」

立ち止まって友人と話している彼女を視界の隅に収めながら歩いていると、智紀を追い越していった二人組の声が聞こえてきた。

名前には覚えがある。報告書に載っていたあの彼女の名前がまさしくそれだ。

「やっぱいいよなぁ……」

「けどあの子、例の院生の彼女なんだろ？」

「違うって。彼女はあれだよ、英文科のお嬢さまっぽい女。去年の準ミスだった」

「あー……そっか、あっちか。えーと、確か芝原寿美香《しばはらすみか》だっけ。俺、あっちのほうが好みなんだよな」

明らかに和志と、問題になっている女性の話になったことで、智紀は追い越していった彼らから離れられなくなった。幸い歩いている人は多いので、少し後ろを歩いていく程度であやしまれることはなかった。

辿《たど》り着いた先はカフェテリアだった。ようするに少ししゃれた学食だ。遅いランチを取っている学生も多く、席は三分の一ほど埋まっている。一人で勉強をしている学生もちらほらと見えた。

正直ここがどの棟かわからないのだが、いまは情報を得ることが先決だ。智紀はコーヒーを買って、彼らにほど近い席に座った。

「サークルの先輩に聞いたんだけど、あの院生って昔からヤバかったらしいよ」

「ヤバいってなんだよ」

地声が大きいのか、聞き耳を立てなくても話し声ははっきりと聞こえた。スマートフォンを弄る真似をしながら、智紀はムッと表情を曇《くも》らせる。

和志の陰口を聞いて平然としていることは出来なかった。

「前から女を取っ替え引っ替えしてたんだってさ。そこそこ上手くやってたらしくて有名な話ってほどじゃなかったみたいだけど、知ってるやつは知ってたって」

「イケメン滅びろ」

「しかも頭もいいんだぜ。ムカつくわー」

憎々しげに吐き出される言葉に、智紀の機嫌は急降下していく。大学でいろいろ噂が立っているというのは本当だったらしい。これが事実無根ならば反論するところだが、悔しいことに過去に関しては事実だからなにも言えなかった。

智紀は頬杖をつき、彼らから顔が見えないように下を向いてスマートフォンを睨み付けた。

（他人に言われると気分悪い……）

和志の不誠実さは智紀も責めたが、他人の言葉には同意したくないのだ。むしろ和志を咎めていいのは自分だけという気持ちすらあった。

「まったく女の敵だよな」

「男の敵でもあるぞ」

「じゃ人類の敵じゃん。いつか刺されるんじゃねーの。つーか刺されろ」

「わりとシャレにならねーかもよ」

「なになにー、おもしろそうな話してるじゃない」

甲高い声の女性たちが加わってきて、彼らに同席した。同じゼミにいるらしく、彼氏彼女の関係ではないがかなり親しそうだ。

女性が二人加わったことで、噂話はさらに過激になった。

「あたしの友達の先輩が、昔あいつと付きあってたんだって」

「セフレかよ」

「一応彼女だったみたいだよ。あ、でも自分でそう思ってただけかもね。ほら、今回も彼女って主張してたうち二人は違ったみたいだし」

「セフレと三股の彼女の違いってなんだろうな」

「一人でも本命がいれば三股で、誰もいないならセフレ？」

「それもちょっと違うような……」

「やっぱ女って、ああいうのがいいわけ？　顔さえよければＯＫなの？」

男の質問に、女子二人のうち片方は即座に否定し、まったく好みではないと断言した。安心したような腹立たしいような複雑な思いで聞いていると、もう一人がためらいがちにぼそりと言った。

「わりと好きかも」

「マジでっ？」

「Ｓっぽい男に弱いんだよね。イケメンだし背も高いし……あ、えっちも上手いんだって。友達がヤバいって言ってた」

「え、やったのかよ友達」

「らしいよ」

聞くに堪《た》えない。もう立ち去ってしまおうとスマホをしまい、一口しか飲んでいないコーヒーに手を伸ばす。

急に一人の女子学生が声を張った。

「ねぇねぇ、相手を妊娠させて、ヤバくなったから留学したっていうのはマジなのかな」

「うわぁ、ありそう」

「俺も聞いた、それ。堕《お》ろさせたってとこまでセットで」

「最っ低」

吐き捨てるような声が癇《かん》に障った。事実と確認出来ていない状態で「最低」などと言われるのは不愉快だ。

智紀は席を立ち、コーヒーを捨ててカフェテリアを出た。もはや和志を呼び出す気持ちにもなれず、一人でマンションへ行くことに決めた。

こんなことならば、サプライズで会いに来なければよかった。

キャンパスを怒りのままに闊歩《かっぽ》し、門を目指した。右も左もわからない場所だが、ひとまず人の流れに乗ればいいだろうと歩いた。

さっきの喧《やかま》しい学生たちの話が、ぐるぐると頭のなかで渦巻いていた。

噂は一部は本当だが、現在のことに関しては間違いであるはずだ。伝聞するうちに変化していったか、思い込みや聞き違いが本当になっていったか、いずれにしても事実とは異なるものだと信じている。

ただ不快感はあった。和志が貶《おとし》められていることも、女性との関係を否応なしに突きつけられたことにも。

なにしろ過去に関しては本人も認めていることなのだから。

（和志さんから聞いてたより、強烈……）

過去の女性たちを語るときの和志は、温度を感じさせず淡々としていた。だから現実味が薄かったのかもしれない。だが今日大学に来たことで、智紀は写真と文字でしか知らなかった女性を実際に見てしまったし、噂話も聞いてしまった。

あそこまでになると嫉妬《しっと》なんかではなく、ただの不快感しか覚えない。

大学を後にし、駅まで着く頃には少し頭も冷えたが、戻ろうとも和志に連絡を入れようとも思えなかった。

電車を乗り継いで、地図を見ながら和志のマンションへ向かい、店に立ち寄っていくつか食材を購入した。あらかじめ地図で確認しておいたので問題なくマンションまで辿り着くことが出来た。

もらったキーでエントランスをくぐり抜け、エレベーターに乗り込む。管理人は日勤で今日は休みの日らしい。

一度来たことはあるものの、一人で人の部屋に入るというのはやはり緊張するものだ。疚しいことなどないというのに。

結局誰にも会うことなく、部屋に入った。和志が昨日帰って掃除をしたらしく、室内はきれいだった。

ふとソファを見て、頬が熱くなった。

否応なしに思い出してしまう。そういえば泊まるとは言ったが、智紀はどこで寝るのだろうか。

「……布団《ふとん》って……」

大きな収納を覗いてみたが、客用の布団などなかった。これはつまり、ソファで寝るかベッドで一緒に寝るか、ということだ。

ますます落ち着かなくなり、智紀はそんな自分をごまかすようにキッチンに入り、買ったものを冷蔵庫に入れる。朝食用にパンとカット野菜などを買ったのだ。夕食はどこかへ食べに行こうと決めてあるのでほかにすることもなく、智紀は一人分のお茶を入れてテーブルに着いた。

ソファに座るのはつい避けてしまった。

「そういえば……」

自分でお茶を入れるのは何ヵ月ぶりだろうか。以前は当たり前のことだったのに、橋本家へ行ってからはいっさいの家事をやらなくなり、いつの間にかその状況になれてしまっていた。やらないというよりは、やれないというほうが正しいのだが。

使用人たちの仕事を奪うことは憚《はばか》られる、というのが裕理との共通意識だ。一応自室の片付けくらいはしているが「掃除」はやはり使用人の仕事なのだ。

久しぶりに自分で入れた紅茶はあまり美味《うま》くなかった。それを傍《かたわ》らに置きながら受験勉強を始める。余計なことを考えないためにも、これがベストだと思った。

そうやって数時間過ごし、外が暗くなった頃、玄関から物音がした。

「智紀？」

靴を見て気づいたらしく、和志は足早に近付いてきた。短い廊下から現れた彼は、智紀を見て表情を和《やわ》らげたが、智紀の様子に気づいてすぐに眉根《まゆね》を寄せた。

「どうかしたのか？」

「したというか……」

説明しようとして、思わず口をつぐんだ。一緒に誕生日を迎えるのが楽しみなあまり、つい大学まで迎えに行ってしまった……なんて、あらためて考えるとたまらなく恥ずかしく思えたのだ。

怪訝そうな和志が向かいに座ってじっと顔を見てくるので、黙っているわけにもいかなかったが。

「その……ちょっと大学を見てみたくて、行ったんだ」

「俺のか？」

和志はわずかに顔をしかめた。マズい、という心の声が聞こえてきそうな顔だった。

最近彼はとてもわかりやすくなった。あるいは智紀が彼の感情を読み取れるようになっただけかもしれない。

「和志さん……有名人なんだね」

「なにを聞いた？」

「いろいろ。留学前に、妊娠させて堕ろさせたっていう話とか」

思い切って突きつけてみると、和志は溜め息をついた。

「突然湧いた噂だな、それは。留学前もその手の話は出なかったっていうのにな」

「……確かに」

須田の報告書にも、参考までに……と主だった噂が挙げられていたが、付きあっていた相手が妊娠したという記述はなかったはずだ。もし耳にしていれば例から漏れることはないだろう話題なのに。

「もしかして帰国してからのほうが噂が派手？」

「ああ」

「だよね。前は、知ってる人は知ってる……程度だったたって話だし……」

そうだ、カフェテリアで男子学生が言っていたではないか。ならば留学前と後での違いはなんだろうか。噂の相手がもともと有名な女子学生だったためか、三人が同時に彼女だと主張したためか。

そもそもどうして三人もの女性が誤解するような事態になったのだろう。

「あれ……」

「さすがにおかしいからな。加堂さんに調べてもらってるところだ」

「そうなんだ。うん……そうだよね、よく考えたら不自然だ」

冷静なつもりで、そうではなかったということだ。最初に報告書を見てからずっと、智紀は女性の影ばかりを気にして不快感を募らせ、客観的に見ることを忘れていた。

じっと一点を見つめて考え始めた智紀をよそに、和志は広げてあったテキストやノートを閉じてまとめた。

そうして頭にぽんと手を載せる。

「せっかくのプレバースデーなんだ。いまは不愉快なことは忘れろ」

「でも……うん、そうだね。僕が考えつくようなことは、とっくに気づいてるか」

加堂が動いているというならば、たったいま気づいた智紀の指摘などあまり意味はないだろう。すでに情報は精査され、調査のプロにでも任せているに違いないのだ。

少なくとも今夜は話題に乗せず、明日帰宅した後、加堂を交えて話してみればいいことだ。

予約はしていないが近くにいい店があるというので、二人で出かけることにした。夕食には少し早いものの、六時をまわると混んで入れなくなることがあるらしいので、すぐに出かけることにしたのだ。

「なに系の店？」

「基本は南欧らしいが、なんでもありだな」

「楽しみ。そういえば二人で外食って初めて……え？」

話しながら先に玄関から出た智紀は、ドアのすぐ近くに立っていた人間に気づいて大きく目を瞠った。

同時に高い声が聞こえた。

「和志さん……！」

智紀を押しのけ、初めて見る女性が和志に縋《すが》った。その顔は思いつめたもので、声からも必死さが滲《にじ》み出ていた。

よろめいたものの、少し後ろに下がっただけで体勢は保てた。だが声もかけられなければ、止めることも出来ず、智紀はただ茫然《ぼうぜん》と和志とその女性――報告書に載っていた芝原寿美香を見つめた。

写真で見るよりもきれいな女性だ。ただどうしても魅力的には見えない。多分に嫉妬のせいもあるだろうが、纏《まと》う雰囲気がどこか嫌な感じなのだ。

「なぜ君がここにいる。どうやって入ってきた？」

彼女を押し返した和志の表情はひどく険しい。冷たくて、ふつふつとした怒りさえ感じられる。声だって聞いたことがないほどに低かった。

だがそれを真正面から受け止めている寿美香は、いまにも泣きそうな顔で和志を見つめるだけで、まったく怯《ひる》んだ様子はない。

それが異様に思えて智紀はぞくりとした。

報告書によれば彼女は和志が留学したときには在学していて、面識はなかったが一方的な好意を抱いていたという。帰国後に接触を図ったのが誰よりも早かったのも彼女だと聞いていた。

熱を帯びた目は狂気すら孕んでいるように見えた。

立ちすくんでいた智紀が我に返ったのは、寿美香を睨んでいた和志がはっと息を飲んで顔を上げたときだった。

無意識に視線を追うと、見知らぬ若い男が立っていた。明るい色の長めの髪に着崩したファッションの、どこにでもいそうな青年だ。ただしその顔は強ばっていて、和志を睨むようにしてゆっくり近付いてくる。

振り返った寿美香は真っ青な顔で悲鳴を上げた。

「いやっ、来ないで！」

「寿美香っ、そいつから離れろ！」

わけがわからなかった。ただどう考えても異常な事態だということはわかる。

「助けて！」

「てめぇ、人の女に……っ」

男はまっすぐに和志を睨み付け、いまにも殴りかかりそうな様子だ。体格では和志に劣るが、こういうことに慣れているように見えた。

和志の視線が一瞬だけ智紀に向けられた。

「離れてろ」

実際に声にしたかどうかはともかく、和志は智紀を見て確かにそう訴えていた。

男が近付くにつれ、寿美香は怯えた顔で和志に身を寄せる。まるで和志と特別親しいかのような振る舞いだ。

それを不快に思う気持ちは、しかしすぐに危機感に呑《の》み込まれていった。気がつけば智紀は足を踏み出していた。

「危なっ……」

目をギラギラさせた男がポケットから出した手には、小振りなナイフが握られていた。和志たちの位置からは見えていなかった。

振り上げた瞬間、智紀は男の腕にしがみつく。

「智紀！」

和志は寿美香を突き飛ばして自分から引き離すと、揉み合う智紀たちのあいだに割って入ろうとした。

男が手にしたナイフごと腕を振り払う。

鋭い刃先が廊下を照明の光を弾くのが、智紀にはやけにゆっくりと見えていた。

ナイフの刃先が肩を掠めようとした瞬間に、和志は手を伸ばして智紀の身体を抱きしめた。

ぬくもりはすぐに離れていってしまって、智紀はまた立ち尽くすことになった。その目の前で、和志が男を床に叩き伏せていた。

背中から床に沈んだ男は、小さく呻《うめ》いて動かなくなる。足元に転がってきたナイフが、くるくると回転した後で止まった。

床にへたり込んでいる寿美香は心ここにあらずといった様子で茫然と和志を見つめていた。同じフロアの住民は出てこない。留守なのか、あるいは気づいていないのか。出来るならこのまま誰も来るなと智紀は願った。

「ハンカチかなにかで、ナイフを拾ってくれ」

「う……うん」

和志は意識のない男を梱包用の紐《ひも》で縛《しば》り、口も塞《ふさ》いで共用廊下へ放り出した。智紀は言われた通りにナイフを拾うと、靴箱の上に置く。

小さなナイフとはいえ、迂闊《うかつ》に触れればケガをしてしまうから、手を離すまでは少し緊張した。

寿美香は座りこんだまま、蕩《とろ》けるような顔で和志を見上げていた。白馬の王子さまでも見つめているような目をしている。

その和志はこれ以上ないほどに不機嫌で、けっしてうっとりして眺めていられるような雰囲気ではないはずだが、彼女には関係ないようだ。

やはりどこか変だ。さっきまで恐怖に怯えていたのに、もう倒れた男のことなど気にもしていない。最初からいなかったような様子だ。

「加堂さんに事情を話して、人をまわしてもらってくれ」

「え……あ、うん……」

声をかけられて智紀は我に返った。冷静なつもりだったのに実はそうでもなかったことを自覚する。あまりに非日常的なことが身に降りかかったせいで、どこか現実ではないように感じていたのかもしれない。ナイフを振りまわされ、あやうくケガを負うところだったにもかかわらず、さほど動揺していないのはそのせいだろう。

「和志さんは？」

「俺はここで二人を見張る」

「わかった」

智紀は部屋に戻り、念のために廊下へ声が漏れないだろう場所まで移動してから電話をかけた。

加堂にことのあらましを伝えると、すぐに手配すると言われた。驚いた様子がなかったのはさすがだった。

和志のところへ戻ると、さっきまでとは様相が変わっていた。

「触るな」

「どうして？　だって助けてくれたじゃない」

「君を助けた覚えはない」

苛立《いらだ》った声の和志に、ひどく戸惑った様子の寿美香が詰め寄っている。いや強引に寄り添っているのだろう。

ムカムカする気持ちを抑えながら、智紀は引きつった笑みを浮かべた。

「電話してきた」

「ご苦労さん。なかで待ってろ」

「え、でも……」

「誰？」

ようやく智紀に気づいたといった様子で寿美香が誰何《すいか》する。それがまた和志は気に入らないらしく、はっきりと聞こえるように舌打ちをした。

「俺に言わせれば、おまえが『誰？』なんだがな」

「どうしてそんなひどいこと……」

信じがたいことを聞いたような顔に、いよいよ違和感が強くなった。相変わらず不愉快ではあるのだが、それ以上に彼女の言動が不気味に思えてきた。

都合のいい誤解をしているとか思い込みが激しいとか、そんな生やさしいものではない気がしてくる。

和志は暴力的ではない範囲で彼女を突き放し、冷たい目を向けた。

「今度近付いたら、この男を叩き起こして一緒に放り出すからそのつもりでいろ」

「ひどい……」

目を潤ませて和志を見つめはするが、けっして立ち去ろうとはしないのが不思議だった。なにを考えているのか、どういう認識やストーリーが彼女のなかにあるのか、智紀にはまったく理解出来なかった。

薄ら寒さを覚えながらドアを半分開けたまま立っていると、和志が振り返って笑みを見せた。彼女から和志の顔は見えてはいないようだ。

「おまえは戻って待ってろ。俺は大丈夫だから」

「……うん」

あまりにも真剣な表情で言うものだから、不安を覚えつつも玄関のドアを閉めた。ただしその場から離れることなく聞き耳を立てる。なにか異変があれば、すぐにでも出ていけるように。

ドア越しに彼女の声が聞こえるが、言葉ははっきりしない。対して和志が言葉を返すことはなかった。

三十分近く待った頃、ドアの外に動きがあった。人が何人もやってきたようだ。加堂の声も聞こえてきた。

ドアスコープで覗いてみると、加堂以外にも数人の男が確認出来た。

開けたくて仕方なかったがじっと堪え、上がりかまちに座ってひたすら待った。やがて廊下が静かになり、外からドアが開いた。

和志が疲れたような顔で戻ってきて、思わず立ち上がった。

「ど……どうなったの？」

「二人とも加堂さんたちが連れていった。加堂さんはすぐに戻ってくると言ってたが……」

「よくおとなしくついていったね」

和志から引き離され、見知らぬ男たちとここから立ち去るなんて、とてもじゃないが寿美香が納得するとは思えなかった。だが実際は叫び声一つ聞こえなかったのだ。まさか意識を奪ったのでは……と恐る恐る和志を見ると、苦笑されてしまった。

「言っておくが、手荒な真似はしていなかったぞ。加堂さんがなにか言ったら、妙におとなしく納得して帰っていったんだ」

「え、なに言ったの加堂さん……」

「さぁ」

どんなマジックなのかと気になってしまう。気が抜けてふと視線を動かし、智紀が和志の腕を見て目を瞠った。

「血！」

服がすっぱりと切られ、腕に血が滲んでいる。深さこそないようだが、長さは十センチほ

どもあった。

「掠った程度だ。すぐ止まるよ」

「でも医者に行ったほうが……っ」

「そこまでのケガじゃないから」

宥《なだ》めるようにして肩に置かれた手はすぐに離れていった。和志は洗面所で服を脱ぐと傷を洗い、別のシャツを着て袖《そで》を捲る。一応まだ血が滲んでくるらしく、布を当てて軽く縛っていた。

「救急箱ってないの?」

「ないな」

「買ってくる。えっと……消毒薬と絆創膏《ばんそうこう》と……」

「もうすぐ止まりそうだから大丈夫だ。本当に先が掠めただけだったからな。大して痛くもなかったし」

「……あのとき、だよね……?」

智紀を庇ったときに負傷したのは間違いないだろう。その後すぐに和志はナイフを持つ腕をつかんで床に叩きつけたのだから、腕を切られるひまはなかったはずだ。

申し訳なさで智紀は萎んだ。

「余計なことしてごめんなさい……」

「そこは『ありがとう』と言ってくれればいいんだ」

頭を撫《な》でられ、思わず顔を上げた。

小さい頃のことが脳裏に浮かび、懐かしさに少し表情が緩んだ。父親に叱られ、泣きべそをかいているところを和志が慰めてくれたのだ。

兄だった頃の和志を思い出す。かつて兄弟であったことを否定したくはないと思った。けれども和志と別の関係を築いていきたいとも思う。

「ありがとう……本当に痛くない？」

「ああ」

ダメにしてしまったシャツは、今度似合いそうなものを見つけてプレゼントしようと心に決める。

促されてソファに並んで座り、ふと気になったことを尋ねてみた。

「結構騒がしかったと思うんだけど、隣の人って気づいてないのかな」

「いないんじゃないか。いつも夕方に出かけて、朝方帰ってくるみたいだからな」

「あ、そうなのか」

夜勤が基本の仕事なのだろう。ならば安心だと小さく息をつく。

誰かに目撃されたら警察を呼ぶことは避けられなくなっていた。そうなれば和志の経歴に傷がついてしまいかねないのだ。和志は被害者だが、自称恋人だという女性とその知りあい

の男による事件となれば、世間は自業自得だと言うに決まっている。痴情《ちじょう》のもつれだと
――あるいは報いだと言うに違いない。

状況的には確かにそうとしか思えないだろう。弄《もてあそ》んだ女の恋人に怒鳴り込まれて切りつけられた、あるいはストーカー事件に巻き込まれた、としか。

「あの男の人って、知ってる人？」

「いや、初対面だ」

「芝原って人の彼氏なのかな」

「どうかな。別れたつもりの相手かもしれないし、一方的に好かれてるだけかもしれない。あの怯え方だし、どっちにしろストーカーみたいなものだろうな。美人局《つつもたせ》という可能性もあるか」

「でもナイフ振りまわしてたよ？　美人局なら、ケガさせる前に金出せとか、そういうこと言うんじゃゃ？」

彼女の怯え方が演技だったとはとても思えない。あるいは智紀が見抜けなかっただけで、すべて芝居だったのかもしれないが。

「加堂さんが来ればわかるさ。二人があっさり部屋の前まで来てたのも、なぜかって疑問はあるしな」

「跡をつけたのかな」

どこからともなく電話番号とアドレスを入手した寿美香だから、住まいくらい突き止めても不思議ではない。ほかの住民がエントランスに入るときに、なに食わぬ顔で入ってしまうのもよくあることだ。男のほうは寿美香を付けてきたと考えるのが自然ではないだろうか。

「なんだか……衝撃的すぎていろいろ吹き飛んだ気がする……」

「大丈夫か？」

「うん。あ、加堂さんかな？」

「だろうな」

インターフォンの音に和志は立ち上がり、玄関へ向かう。いまのはドアの横についているもので、エントランスからのものではなかった。

「あれ……そういえばどうやって入ってきたんだろ……」

加堂たちの出入り方法も謎だ。住人がロック解除をしたのに乗じたのだろうか。しかし人並み以上に体格のいい男たちが一度に四人も五人も一緒に入ってこようとしたなら、警戒されてしまいそうものだが。

首を捻っていると、和志に連れられて加堂が入ってきた。その後ろに裕理もいた。

「あ……あれ、来てたの？」

「うん。車のなかで待機してた。大丈夫？」

「僕は平気……それより和志さんがケガして……」

「聞いた。一応、持ってきたよ」

裕理は手にした布製の袋から、切り傷のための薬や絆創膏、ガーゼや包帯まで取り出して智紀に渡す。痛み止めまであるとはずいぶんと準備がいい。買いに行く時間はなかったはずなのにと、また新たな疑問が浮かんだ。

「どうしたの、それ。あ……座って。いまお茶入れる」

「いいよいいよ。すぐ帰るし。あ、サンドイッチ持ってきたから夜食にでもして。ちなみに薬とかは車のなかに積んであったやつだから。でっかい救急箱があるんだよ」

「そうなんだ……」

「液体絆創膏っていうのもあるけど、つけてしばらくはすっげー痛いらしいから要注意ね。痛いの好きなら止めねーけど」

「ありがとう。助かる」

「なんかもう血は止まってるっぽいじゃん。和志さんって、やっぱケンカとか苦手？」

裕理は傷口を覗き込んで大きく頷くと、まるで和志をからかうように笑った。初対面であれほど小さくなっていたのが嘘のようだった。それだけ距離は縮まったということだし、これくらいならば怒りはしないと、ある意味で信頼するようになったのだ。

和志は眉一つ動かさず、鼻で笑った。

「なんだったら試してみるか？」

「イエ、イイデス……ごめんなさい」

すごすごと引き下がる裕理に智紀は苦笑を浮かべつつ、和志の名誉のために事情を説明することにした。

「本当は僕が切られそうになって、和志さんが庇ってくれたんだ」

「え、それじゃ名誉の負傷ってやつじゃん」

「うん」

「うおー、かっけー！　愛じゃん、愛。それじゃやっぱ、智紀が心を込めて手当してやらなきゃな」

「それはいいけど……裕理たちはどうやって入って来たの？　さっきもだけど」

体格のいい男たちが意識のない青年と、おとなしそうな若い女性を連れていくという光景は、誰かに見られたら騒ぎになりそうなものだ。人に見られていなくても防犯カメラには映っているのだ。後から面倒なことになったりはしないかと心配してしまう。

問いかけると裕理は困ったような呆れたような複雑な顔で加堂を見た。

「もうね、開いた口が塞がらないってやつだよ」

「このマンションは橋本の系列会社が持ってる物件でね。緊急性が高いということで、住民の安全を守るために入らせてもらった」

詭弁《きべん》だ、と思った。とはいえ、あながち間違いでもないのが微妙なところだ。

「橋本グループって手広くやってるんですね。まさか、ここもなんて思いませんでした。和志さん、知ってた？」

「一応」

「ここを買い取ったのは、つい最近のことだからな」

「え？」

「万が一に備えてね。和志くんにも事前に言っておいた。オーナーが個人だったのは楽でよかったよ」

確かに開いた口が塞がらなかった。小規模とはいえ、マンションを一棟買い取るなんてどうかしている。それも養子の元家族のために。智紀個人にとっては元家族ですむ存在ではないが、橋本家にとっては赤の他人なのだ。

「それって、お祖父さんも知ってることなんですか？」

「もちろん。ただし、この物件が利益を見込めると踏んでのことだ。意味もなく買い取ったりはしない」

「はぁ……」

相づちなのか溜め息なのか、智紀自身もよくわからない声を出してから、ついつい溜め息をついてしまった。

「じゃ、俺たち帰るから。見送んなくていいよ」

「え、もう？」

とっさに腰を上げようとすると、裕理が持っていた袋を智紀に押しつけてきた。なかにはペットボトルやいろいろなものが入っているようだった。

「あげる。それは車んなかにあったやつじゃなくて、うちから持ってきたやつだけど」

「あ……うん、ありがと」

「明日のパーティーは予定通りだから、遅れんなよ主役。和志さんも、ちゃんと智紀連れて来てよ？」

「ああ」

「おやすみー」

裕理は智紀と和志を順番に見て、手を振りながら加堂と帰っていった。加堂は妙に機嫌がよさそうにしていたが、特になにを言うでもなかった。

施錠するからと、和志だけが二人を見送りに行き、申し訳ないと思いつつ智紀はソファに座っていた。待っていろと言われたからだ。

戻ってきた和志は、ふうと息をついてソファに座った。

「食事に行けるか？」

「ごめん……ちょっと気分じゃなくなっちゃったかも……」

「だろうな」

「せっかくプレバースデーなのに、ほんとにごめん」

「いや、俺もなんだ。あれでも食うか」

和志はテーブルの上に置いてあるサンドイッチに目をやった。裕理が持ってきてくれたもので、きちんと紙製のしゃれたボックスに入っている。橋本家のコックが作ってくれたものなのだろう。

「その前に手当！」

「ああ……」

押し当てていた布はいつの間にか外されていて、血も止まっているように見えた。消毒はいまさらかもしれないが、念のためにガーゼで液を浸して軽く触れ、薄く薬を塗った。さらに包帯でもと思ったところで大げさだと止められた。

「もういいよ。十分だ」

「……わかった」

使った薬や包帯を布袋に戻そうとして、智紀はなかにスポーツドリンクが二本入っていることに気がついた。それからのど飴とトローチ、チューブタイプの薬のようなものもあった。

「これも薬……あっ」

取り出してみて、智紀は赤面してしまう。粘度の高いゼリータイプのそれは、セックスのときに使うもの――いわゆる潤滑剤と呼ばれるものだった。しかも裕理の字で「オススメ！」

と書かれた付箋が張り付けてある。

「へぇ」

和志が興味深げに覗き込んできて、ほかの差し入れとあわせて納得していた。

「のど飴もそういうことか」

「裕理ぃ……」

恥ずかしさに顔を手で覆い、これを渡したときの裕理のいい笑顔を思い出した。明日のパーティーに遅れるなと、あれほど念を押していた理由もわかってしまった。

顔を上げられない智紀の頭を、和志は慰《なぐさ》めるようにして撫でる。

性的な意味などなさそうな触れ方に、智紀は確かに不満を感じていた。そんな子供にするように触るのではなく、恋人にするようにして欲しかった。

答えなんてとっくに決まっていたのだ。

「あの……」

そろりと顔を上げ、和志を見つめる。だがすぐに照れて目を逸らした。あまりにも優しい顔をしていたからだ。

「返事、するから」

「……ああ」

和志はどこか嬉しそうだった。聞くまでもなく智紀の気持ちなどわかっているのだろう。

焦ることなく待っていたのもそのせいだ。

抱えた袋を脇へ置き、あらためて和志に向き直る。

まっすぐに見つめるのはたまらなく恥ずかしいが、ここは逸らしてはいけないと気持ちを強くした。

「和志さんに、恋愛の意味で好きだって言われて……たぶん、本当は最初っから嬉しかったんだと思う」

強く求められ、心地よさを感じていることも自覚している。過去も含めて和志の女性関係を知ったとき、智紀は和志に幻滅したのだと思っていたが、あれはただの嫉妬だったといまなら断言出来た。

「好きだよ。ちゃんと、恋愛の意味で好きだ」

口にするのは勇気がいったけれども、一度口にしてしまえば、重荷を下ろしたみたいに気持ちが楽になった。代わりに心臓がうるさいくらいに跳ねていた。

そっと抱きしめられ、耳元に和志の唇が寄せられる。いつの間にかこの場所は、身がまえるのではなく落ち着ける場所になっていた。

「俺に、智紀をくれるか?」

ためらうことなく頷き、目を閉じる。そのまま自然とキスをした。

こうして触れあうのはあの日以来だった。だがあのときのような貪るキスではなく、互いの熱を確かめあうようなキスだ。

それから手を繋いでベッドルームまで歩いた。繋いでいないほうの和志の手には、スポーツドリンクと例のチューブがあった。

「せっかくだしな」

和志はくすくすと笑っている。こんなふうに彼が笑うのを見るのは初めてで、智紀はその横顔から目が離せなくなっていた。

これからもふとしたときに、彼の新しい顔を見つけていくのかもしれない。そう思うと胸がほっこりとし、じわじわと幸福感のようなものが湧いてきた。

その穏やかな気分も、ベッドに押し倒された途端に吹き飛んでしまったけれども。

「じ……自分で脱ぐよ」

「脱がしたい」

きりりとした顔でそんなことを言われても残念なだけだ。脱力して苦笑しつつも、智紀は内心で可愛いな、と思った。

和志を可愛いと思う日が来るなんて、かつては想像も出来なかったのに。

一つ一つ丁寧に剥《む》かれていくあいだに、智紀も和志のシャツを脱がすことにした。もたついたのは仕方ないとしても、なぜか和志に可愛いなどと言われたのは腑《ふ》に落ちなかった。

全裸にされて、和志もすぐにすべて脱ぎ捨てて、覆い被されるようにして真上から見下ろされた。

恋人としてのセックスだと思うせいか、前回以上にドキドキした。いや、前回はそんな気分にすらなれなかったのだ。ひたすら困惑しているうちに、快感に負けてわけがわからなくなってしまった。

見つめあう時間は、なんだか儀式のように神聖な時間に感じた。

唇が重なり、官能に火がつけられて、智紀は長い夜が始まったことを自覚した。

和志の唇は首から胸、腹から腰へと下りていき、一度足の爪先《つまさき》まで辿った後、ふたたび痕《あと》を残しながら戻ってくる。

身体中を愛撫《あいぶ》されていくうちに少しずつ息は上がっていった。

小さく尖《とが》った乳首を、舌が押し潰《つぶ》す。胸を吸われながら、いろいろなところを撫でられて、智紀はたまらずシーツに爪を立てた。

「あっ、ぁ……ん……」

前回以上に優しくあちこちを弄られたせいか、触れられてもいないのに智紀自身は変化している。それをあえて避けているのか、和志は指先を最奥《さいおう》へと忍ばせた。

びくっと腰が震える。あのときの熱を身体は思い出していた。

ゼリー状のものが指先で塗り込まれていく。冷たいはずのそれを手のひらで温めてから使う和志に、智紀は複雑な感情を抱いた。細かな気遣いを嬉しいと思う反面、慣れているのだと教えられたみたいで喜べないのだ。

過去を気にしても仕方ない。いずれも恋愛感情はなかったと聞いているし、それは本当なのだと思う。それでも顔も知らない女性たちに嫉妬してしまうことも止められなかった。

「どうした？」

「……比べられたら、嫌だと思って……」

男なのだし、女性のように柔らかい身体でもないし胸もない。なにより本来抱かれるようには出来てはいない。抱き心地という点で、智紀は最初から不利なのだ。

ぼそぼそとネガティブなことを口にしていたら、怒ったように指を動かされた。

「ひっ……あ、ぁ……っ」

「智紀のほうがいいに決まってるだろう」

容赦なく指を動かしながらも、声はけっして尖っていなかった。むしろ優しく言い聞かせるようなトーンだった。

「で、も……」

「本当だ。あんなに夢中になったのは初めてだったんだ」

そもそも欲求に負けたことも初めてだったのだと、和志は熱っぽく告げた。理性など手放したこともなかったと。

真剣な表情に、なにも言えなくなった。宥めるための言葉だとしても、それは智紀の気持ちを解《ほど》くには十分だった。

何度もキスをして、可愛い、好きだと囁きながら、和志は智紀の快楽を煽《あお》っていく。初めてのときと同じように頑《かたく》なだった場所は、前回よりはずいぶんと早く異物を受け入れて、次々と指を呑み込んだ。

「あ、ぁ……っん……そこ、だめ……っ」

指をぐちゃぐちゃに動かされ、智紀は腰を跳ね上げる。気持ちがついていっているせいなのか、ひどく感じる自分に戸惑ってしまう。

「だめじゃなくて、いいんだろ……？」

がくがくと腿《もも》まで震えてきて、このままでは達してしまいそうになった。

智紀は和志の手を押さえながらかぶりを振る。

「ほんと、だめだからぁっ……指、で……いくの……嫌だ……」

妙なことにこだわると言われればそれまでだ。だが恋人になって最初なのだから、ちゃんと和志と繋がっていきたかった。

涙目で訴えると、和志はふっと横を向いた。指の動きを止め、小声で「落ち着け俺」と呟いているのを、智紀はじっと見つめていた。心なしか和志の耳が赤くなっているように見えて、どうしたんだろうと思った。

とりあえず必死の訴えは通ったらしい。指が引き抜かれて、代わりに和志のものが押し当てられた。

「入れるぞ」

「う、ん……あ、あぁ……っ……」

じりじりと少しずつ入りこんでくる感覚に智紀は仰《の》け反《ぞ》った。最初のときとは違い、挿入されるだけで感じてしまっている。

たまらず和志の背中にしがみついた。

智紀が快感を得ているのが見ているだけでわかったのか、今回は間を置かずに和志は動き始めた。

大きく突き上げられ、肌が粟立《あわだ》つほどに感じる。

気持ちがいい。そして苦しいほどに幸せだと思った。

深く貫かれたまま大きくかきまわされる。溶けてしまいそうな快感に、智紀は泣き声まじりの声を漏らした。

「気持ち、いいか……?」

「う……んっ……」

掠れた声の艶《つや》っぽさに、智紀はぞくぞくと震えた。こんな声を耳元で出すなんて反則だ。

まるで耳に愛撫されているようだった。

「あ、あ……いい……気持ち、い……」

もっとして欲しくて、智紀は自ら腰を揺らす。意識したわけじゃない。身体が勝手に求めてしまうのだ。

がつがつと穿《うが》たれて、絶頂に追いつめられていく。

望んだこととはいえ半泣きになって身を捩《よじ》り、和志の背中に爪を立てながら智紀は切羽詰まった声を上げる。

ひときわ深く突き上げられて、膨れあがった快感が一気に弾けた。

「あぁぁっ……！」

いった瞬間に身体は勝手に呑み込んでいたものを締め付け、それが和志の最後を促すことになった。深いところに注がれる熱い飛沫《しぶき》に、飛びかけていた意識のなか智紀は陶然となった。

腕がシーツにぱたりと落ち、全身が痙攣《けいれん》するように震えた。

このまま眠ってしまいたいとさえ思ったのに、貪欲すぎる恋人はそんなに甘くはなかった。

「や、ぁっ……ん」

休む間もなく胸を吸われ、反射的に後ろを締め付けてしまう。すると和志のものが、刺激でまた力を取り戻していくのがわかった。

無理、と訴えてもだめだった。積年の想いは一度や二度でどうにかなるものではない、らしい。

それから数時間のうちに二度ほど意識を飛ばし、それよりも多くなかに出された。さらに覚えていないほどたくさんいかされて、智紀は思った。

積年の想いというのは、体現されるとつらいのだな……と。

繰り返される絶頂感に、もはや意識が定まらない。現実と夢のあいだで、とりあえず余韻に身を任せてみることにした。

そんななかでも、はっきり自覚したことがあった。やはり求められるのは嬉しいということだ。

智紀は基本的に、和志のやることならばと受け入れてしまう傾向があるのだ。幼い頃からの習性のようなものは、関係が変わっても、部分的に色濃く残っているらしい。

「ん……」

和志が少し動いて、思わず声が出る。

髪を撫でられる感触に誘われて目を開けると、和志が愛おしげに見つめ下ろしていた。

「おめでとう」

「え？」

「誕生日だ」

「あ……」

日付が変わったと聞かされて、嬉しいやら恥ずかしいやらで、智紀は小さく頷くばかりだ。

つまり身体を繋いだまま誕生日を迎えたということなのだ。

羞恥のあまり直視出来なかった。

「いままでで、一番嬉しい……誕生日だよ」

大好きな兄の特別な存在になりたかった。はっきりと意識しなくても、子供の頃ずっとそれを願ってきたような気がする。それが思ってもいなかった形とはいえ叶ったのだ。満たされないはずがなかった。

智紀は和志に抱きつき、自分から唇を寄せていく。

触れた途端に、今度は和志のほうから深く結びあわせてきた。そのまま言葉の代わりとばかりに、想いを確かめるように夢中でキスをする。

濡れた音と乱れた息づかいだけが、しばらく部屋のなかに響いていた。


遠慮なく迎えを呼べ、と言われていたらしく、和志は橋本家から車を呼んで、当面の荷物を持ってマンションを後にした。しばらくここへは戻らないことに決めたらしい。智紀が知らないあいだに、加堂と電話で話しあったようだ。

智紀はよろけそうな身体に必死に力を込めて歩き、いつものように運転手に挨拶《あいさつ》をした。

すると具合が悪いのだと思われてかなり心配されてしまった。

帰宅したのは午後二時くらいだっただろうか。パーティーは六時からなので、休む時間も話を聞く時間もたっぷりありそうだ。

一度自室に戻って和志と寛《くつろ》いでいると、吉野が来て居間へと促された。加堂が呼んでいるということだった。

居間へ入ると、すでに加堂と裕理が待っていた。

「余裕持って帰ってきたんだな。意外」

開口一番、裕理にそんなことを言われた。どうやらギリギリまでマンションにいると踏んでいたらしい。

「あれ、使った？」

「っ……」

「ありがたく使わせてもらった」

智紀の代わりに和志がきっぱりと答え、それに対して裕理が満足そうに頷く。二人のやりとりに、智紀はたまらなく恥ずかしくなった。

さらに裕理は追い討ちをかけてくる。

「のど飴とか役立ったっしょ？」

「……立った」

「サンドイッチもナイスな差し入れだと思わね？」

「……思った」

ざらざらの喉に飴はありがたかったし、夕食も取らずにセックスをして、夜中に空腹を覚えたときにサンドイッチは助かった。まるですべてを見通されていたようで少しへこんだが、よくよく考えてみれば裕理の経験が導き出したものなのだ。つまり似たような経験をしているということなのだろう。

智紀は裕理と加堂を見て、なんとなく納得した。

「報告を始めていいかな」

「あ……はい。お願いします」

加堂の一言で場の空気が変わった。とはいえ緊張感を孕んだものではなく、単に真面目な雰囲気になっただけだ。

「昨日の二人の身柄は確保しているよ。詳しい話も聞き出した」

「そういえば……加堂さんと一緒に来た人たちって、どういう人たちなんですか？」

「橋本家の仕事をしている者たちだ。わたしの補佐をしたり、橋本の指示で動いたり……ようするに、吉野たちが家のなかのことをやっているのに対して、彼らは外のことをやっているわけだな。立場としては、グループ会社の社員になる」

なるほど、と和志は小さく呟き、無言で先を促す。本筋に関係のないことは後で聞けばよかったと智紀はこっそり反省した。

「で……おそらく女のほうは誰かに都合のいいことを吹き込まれただけだ。男のほうは十中八九、計算だろう」

「なんのために……？」

「和志くんにケガを負わせるためだ。裏で糸を引いていたのは須田でね。和志くんの連絡先も須田が人を使って彼女に教えたらしい。まぁこれは和志くんと推測していたことだから、いまさらか」

「え……？」

いまさらと言われても、智紀はいまのいままで考えてもいなかった。裕理も同様らしく呆れた様子で「マジか」と呟いていた。

「痴情のもつれと見せかけて、和志くんにケガさせる算段だったわけだ。もちろん軽傷ですませるつもりだったらしい。ケガの大きさは問題じゃないからな。ようは和志くんを醜聞まみれにさせたかったんだろう」

そのための茶番だと加堂は嘲《あざけ》るようにして吐き捨てた。

茶番という言葉で片付けてしまうには抵抗があった。軽傷とはいえ和志はケガをしたのだし、掠り傷ですんだのはたまたまだ。あの男が予定外の動きをした智紀に対応しきれず、あんなことになった。一つ間違えば智紀か和志のどちらかがもっと深い傷を負っていた可能性はあったのだ。

「須田さんが和志さんを……？」

「あの男にとって一番の脅威は和志くんだからね。こっちに手出しするのはもう諦めたらしい」

加堂はちらりと裕理を見てから、ここにはいない男へ皮肉な笑みを浮かべた。

裕理が英司《えいじ》の実子だと認められた上に、加堂という力のある後ろ盾《だて》を得ている以上、須田に打つ手はないのだ。加堂の失脚を狙えるほどの力も知恵も度胸もないのだとも断じられた。ならばと智紀に取り入ろうとしたものの成果は出ず、そのうちに和志という優秀な人間が現れたものだから、須田はかなり焦ったようだった。

「智紀くんとの信頼関係も絶大だしな。自分じゃなく、和志くんが後見に据えられるとマズいと思ったらしい」

「はぁ……」

「実際その可能性は高いしな」

「そうなんですか？」

驚いて和志を見ると、あらかじめ聞かされていたのだとわかる顔をしていた。裕理も知らなかったようで、意外そうに話を聞いていた。

「うちの顧問弁護士の事務所に入るんだろう？」

「えっ」

「迎えてくださるのであれば」

「マジか。ヤベー、このタッグ怖い」

裕理は小声で呟いて、加堂と和志を交互に見つめた。言葉とは裏腹に顔は笑っていて、むしろおもしろがっているようだった。

智紀としては、怖いというより心強く感じるのだが。

「それって、昨日の二人が白状したのか？」

「男のほうがな。女はそれらしいことを吹き込まれて誘導されていただけだ。つまり本気の行動だった、ということだな」

「そのほうが怖ぇよ。軽いホラーだよ」

「うん……」

思わず裕理に同意した。目的があっての演技ならば、是非はともかく理解は出来るのだが、ただ和志が好きで和志も自分が好きだと思い込んでいたとなると、寿美香の言動を思い出すだけで背筋が寒くなる。

すべてが彼女の思い込みではないのだろう。須田の手の者が、彼女にとって都合のいい嘘をさんざん吹き込み、成りすましのメールまで送って騙《だま》したり煽ったりしていたというのだから。

とはいえ、彼女のなかで一度は和志の恋人だということは事実になってしまった。このまま放置していて大丈夫なのだろうか。そのうちまた変な思い込みで、こちらに危害を加えるようなことはないのだろうか。

不安の目を加堂に向けると、彼はさらに説明を続けた。

「親を呼んで、一から説明したよ。メールの偽装の証拠を含めてね」

事実を知った両親は青くなり、警察沙汰にはしないでくれと懇願したという。そして本人は相当なショックを受けていたそうで、最初は信じないという姿勢だったが、須田に雇われた男――寿美香に一方的な想いを寄せて和志を逆恨みで切りつける、という役目があった男に直接説明させると、抜け殻のようになってしまったという。

金で雇われた男は、それ以上の条件や身動きの取れない状況を突きつけたら、あっけないほど従順になったらしい。

「そのときのビデオを見たんだが、別人みたいだったな」

自分の役割と全体の流れを語る様子は、残酷なほど冷静だったという。その変貌ぶりは寿美香に芝居だったのだと納得させるには十分だったのだろう。

「彼女の両親とは今後も連絡を取りあうことにした。まぁこちらとしては監視の意味なんだが、向こうは様子を見て、出来れば転学させたいそうだ。念のために、こちらからも監視を付けるから安心するといい」

「は……はい」

大ごとになったような印象だが、警察沙汰にならなかっただけマシなのだろう。これは全員の思惑が一致したためだが、須田にしてみれば悔しいことに違いない。

そこでふと疑問が浮かんだ。

「須田さんは昨日のこと知ってるんですか？」

「ああ。男に報告させたからな」

あの男は書類送検されたことにして、和志も調書を取られたことになっているそうだ。そして現場に智紀が居合わせたことも言ったらしい。もちろん男がすべてを白状してこちらの指示に従っていることや、寿美香の両親にまで話が至ったことは伏せている。ちなみに男は現在、加堂の部下の監視下にあるようだ。

「つまりそれって罠《わな》？」

「最後のな」

「え、最後？」

智紀と裕理の声が重なり、同じタイミングで二人して顔を見あわせた。和志は承知している様子だった。

意外にもこの手の話が好きなのか、裕理は目を輝かせた。あるいは以前さんざん暴言を吐かれたため須田が嫌いなだけかもしれないが。

「それとなく以前から噂を流していたわけだ。和志くんが優秀だとか、将来はうちの顧問になるとか……。あれでも子会社の社員なんでな」

「まんまと引っかかったわけかー。で、トドメ刺せそう？」

「これから来るそうだからな。智紀くんの誕生日プレゼントを届けるため……ということらしいが」

時計を見て加堂は薄く笑った。彼の説明によると、須田にも監視をつけていて、すでにこちらに向かっていると報告があったという。

つまりプレゼントを渡す名目で橋本家に来て、あわよくば直接智紀に会い、昨日の話を引き出すつもりなのだろう。

「きっとさ、なんか元気ないね……みたいな話から、引き出すつもりじゃねーの？」

「そのときは乗ってやれよ、智紀くん」

「あの二人が押しかけてきたこととか、言うんですか？」

「そうだ。ケガをしたところまでな。そこまでなら嘘じゃないだろう？」

「まぁそうですけど……」

やれと言うのならば話すくらいは出来るだろう。その後のことは和志と加堂に任せればいいのだ。

頷いて冷めかけたお茶を飲んでいると、古野が須田の来訪を告げにやってきた。

「お通ししてもよろしいでしょうか」

「あ、はい。お願いします」

「茶の用意はいいから、隣の部屋に二人ばかり待機させておいてくれ」

「畏《かしこ》まりました」

吉野には話が通っていたようで、加堂の短い指示もすんなりと通った。彼は隆と橋本家に尽くしている人なので、須田の存在に頭を悩ませていたらしい。

間もなくして須田が意気揚々と現われた。本人は隠しているつもりだろうが、かなりあからさまだった。

「おや、皆さんお集まりで」

「久しぶりだな。君の営業成績は定期的に見ているんだが……」

加堂がふっと笑うと、須田の顔が引きつるようにして歪《ゆが》んだ。

グループ代表である隆の代わりに、実質的に動いているのは加堂なのだ。肩書きは自由度の高いものだが、社内でもその立場は経営陣の一人として捉えられており、子会社の営業職に就いている須田とは比べようもない。須田にとって目下の標的は和志だが、感情的な点で一番気にくわないのは加堂なのだ。

「文句を言われるような成績じゃないはずだ」

「誰も文句は言っていないだろう。見ている、と言っただけだ」

褒《ほ》めもしないし貶《けな》しもしない加堂を、須田は憎々しげに見ている。以前聞いた話だと、須田の成績は実際、特別良くもないが悪くもないという程度らしい。実に平均的な社員なのだが、本人は橋本家に連なる者としてもっといい待遇を望んでいるのだった。

わかりやすい男は無言で加堂から視線を外し、智紀を見て笑みを浮かべた。加堂の隣にいる裕理のことは視界にも入れずに空気扱いで、和志についてはかなり気にしているがあえて視界には入れないようにしているようだ。

「誕生日おめでとう。いつもタイミング悪くて会えなかったから、今日はよかったよ」

「……ありがとうございます」

差し出されたプレゼントはラッピングされていて中身が見えないが、そう大きくはない箱に入っている。受け取っていいものかと考えてると、須田は空いている場所に座り、説明を始めた。

中身は音楽プレイヤーらしい。普段あまり音楽を聴かない智紀には、どう扱ったらいいかもわからなかったが。

「あれ、ちょっと元気ないね？　せっかくの誕生日なのに」

「え……ああ、昨夜ちょっと……」

途端に須田の目がきらりと光ったように見えた。そして彼から見えないところで裕理が口を両手で押さえて下を向き、必死で笑いを堪えている。

智紀はといえば、裕理が予想した通りだったことに感心していた。

「どうしたんだ？　なにかあった？」

ここで「なにもない」と返したらどうするつもりなんだろうか。少しだけ興味は湧いたが、長引かせても疲れるだけなので加堂の指示通りに動くことにした。

「昨日、ちょっとトラブルがあって……」

「トラブル？」

「ええ。誤解だったんですけど、和志さんの大学の人がストーカーに付きまとわれてて、それで巻き込まれたというか……」

「ケガはっ？」

心配そうな顔はしているものの、須田のそれは本心じゃないと一目でわかるものだった。智紀にケガがなかったことは知っている上、和志を糾弾《きゅうだん》出来る喜びで感情が隠しきれていないのだ。

「僕は大丈夫でしたけど……」

ちらりと和志に目を向けると、待っていたとばかりに須田は和志を見た。服の上からではケガは見えない。だが視線はしっかりと、和志の左腕に向けられていた。

詰めが甘いなと思う。これでよく、加堂までいる場所で小芝居を打つ気になったものだ。

「和志くん、ケガをしたのか？」

「掠り傷ですが」

「よくそんな他人ごとのような顔をしていられるな」

須田の声のトーンは代わり、視線も鋭いものになった。とっかかりを得て、和志を責めていくつもりらしい。

ただしかなり強引なことは否めなかった。

「大学の人っていうのは、女なんだろ？」

「……そうですね。ただし知りあいでもなんでもありませんが」

「嘘をつくなよ。セフレだか三股だか知らないが、君が女にだらしないことは調査でわかってるんだよ。智紀くんにも報告書を渡してある。報告書に上がってた三人のうちの誰かなんだろ？　それとも別の女か？」

「少なくとも帰国してから女を相手にしたことないな」

微妙な言いまわしに須田が気づくことはなかった。確かに相手にしたのは智紀なので、女ではない。

言いたいことは言ったとばかりに、和志は目を閉じてソファにもたれた。それがまた須田には不遜《ふそん》な態度に映ったらしく、苛立ちを強く滲ませた。

そこへやってきたのは隆だった。吉野に付き添われ、ゆっくりと部屋のなかに入ってくる。白髪の痩《や》せた老人は、それでも智紀が最初に会ったときよりもずいぶんと元気になったように見えた。

その表情はほとんど変わらないし、笑顔を見たこともほとんどない。だが不機嫌なわけではないし、怖いわけでもなかった。溺愛《できあい》していた英司にもこんな態度だったと聞いたときは驚きつつも大いに納得したものだった。

「大叔父《おおおじ》さん、いいところへ……！」

「なにごとだ」

声に力はないのに、不思議と威厳のようなものが感じられる。隆は眼光鋭く須田の顔を見つめた。

「問題視するべきですよ。和志くんの素行はひどすぎる……！　痴情のもつれに智紀くんを巻き込むなんて、もってのほかだ。ケガがなかったからいいようなものの……」

須田にとっては、和志がケガを負ったことなどどうでもいいようだ。はっきりと「ケガがなかった」と言い切った彼に智紀は呆れ、そして不快感をあらわにした。

気分が高揚しているらしい須田には、まったく気づかれていなかったが。

「智紀くんの後見として考えてるなら、考え直すべきだ。相応《ふさわ》しくない」

断じられている和志は眉一つ動かすことなく、冷ややかに須田を見ている。一人で笑っている裕理を除き、ほぼ全員が似たような反応を示していた。

それを聞き入っていると思ったのか、須田は意気揚々と続ける。

「実は以前、彼の素行調査をしたことがあったんです。ひどいものでしたよ。結果は智紀くんに渡してあるんですが……」

「これか？」

割って入った加堂の声に、須田は不快そうな顔をしたが、加堂で手にした二つの報告書を見て怪訝そうな表情に変えた。

智紀が渡したはずのものがなぜ加堂の手にあるのか、という顔だった。

「そ……それだ。見たならわかるだろ？」

「過去の調査については、本人も認めているな。ただし二本目……現在の調査結果は、事実と異なる部分が多すぎると思うが……どうした？　急に調査能力が下がったな。君が使っている探偵はずいぶん優秀だと感心していたんだがな」

皮肉たっぷりに加堂が口の端を上げる。実際、彼は須田の雇った探偵の能力を高く評価していたのだ。

「いい加減なことを言うな……！　それは事実だ。その証拠に、傷害事件が起きてるじゃないか！」

「事件？」

「ストーカーが出てきて、ケガをしたんだろう？　立派な事件じゃないか。それもこれも和志くんが……」

「トラブルは起きたが『事件』にはなっていないぞ。内々で処理したからな」

「え……？」

須田はなにを言っているのかわからない、という顔になった。彼は警察沙汰になったという報告を受けたのだから当然だろう。

それにしても加堂がずいぶんと楽しそうだ。まるで追いつめた獲物をじわじわといたぶっているようにしか見えない。

「目撃者もいないし、当事者とはすべて話しあいで解決したよ。ああ、ちなみにこの報告書に使用された紙とインクを調べたところ、これまでのものとは違うと判明した。探偵事務所に確認したら、唖然《あぜん》としていたな。こちらから頼んで、君にはまだなにも言うなと頼んであるがね」

二本目の報告書は須田の手によって改ざん——いや偽造されたものなのだ。加堂は探偵と接触し、それも確認してあった。

須田は顔色をなくしている。ここへ来てようやく、置かれた状況のマズさに気がついたようだった。

「和志くんが付きあっていると報告された三人……全員から話を聞いたが、何者かによって意図的に流された噂や嘘に踊らされたようだな。和志くんを襲った男に至っては、金で雇われていたことを認めたよ。いま、こちらの手の者と一緒にいる。なんだったらここへ連れてこさせようか?」

「…………」

言葉もなかった。須田はもう立っているのもやっと、という様子で、誰とも目をあわせていない。いや、あわせることが出来ないのだ。

特に隆からの無言の圧力をひどく気にしているようだ。橋本隆の親類であること――姉の孫という遠縁だが――を拠《よ》りどころにしているのだから当然だろう。

色の悪くなった唇がかすかに震えているのも見える。頭が真っ白なのか、もはや言い訳の言葉すら出てこなかった。

沈黙のなか、小さく息をついたのは和志だった。

智紀は自然と彼のほうへと目を向けた。

「俺が後見とやらに相応しいかどうかはともかく……あんたが智紀の害にしかならないってことは、よくわかったよ」

突き放すような和志の言葉を須田は微動だにせず聞いていた。あるいは耳に入っていないのかもしれなかった。

予定より少し遅れて始まったバースデーパーティーは、昨日からの出来事などなかったように楽しく、賑やかなものだった。

身内だけとはいえ、使用人まで含めたら結構な人数だ。食堂のテーブルは智紀の好物を中心に料理が並べられ、後でカットされたケーキが再登場する予定となった。ロウソクを吹き消すというイベントを、少々照れながらすでにこなしたのだ。

食事が終わる頃には、食堂にいる者の姿は少なくなっていた。使用人たちは仕事に戻ったし、隆は長くいると疲れるので部屋へ戻り、吉野もついていった。

残っているのは智紀と和志、裕理と加堂の四人だけだ。

「なんかいいよなぁ、みんなで誕生日祝うのって」

「うん」

向かいに座る裕理は智紀以上に楽しげだ。こういった家族での食事や集まりが、彼はとても好きらしい。

ケーキを食べながら、いまはそれぞれコーヒーや紅茶を飲んでいる。おかわりは自分でやるからと給仕も断った。

「来年はおまえも盛大にやってやる」

「マジで？」

裕理は心底嬉しそうだし、それを見つめる加堂の表情は甘い。さっき須田に見せていた底意地の悪そうな顔とはまったく違っている。

それに比べると、和志の場合はあまり差がないように思う。もちろん智紀に見せる顔は優しく柔らかいものだが、須田に対しては無関心に近い冷淡さで、追いつめられる彼を見ても特に思うところはないようだった。これは確執の有無もあるのだろう。

須田にはあの後、隆によって橋本家への出入り禁止が申し渡され、智紀への接触も禁じられた。慌てて弁明しようとしていたが、加堂が隣室に待機させていた者たちによって実家へ強制送還され、今回の処分についても伝えられたという。

もともと須田家は、隆の姉に当たる人物が亡くなった後、橋本家への影響力がほぼなくなっていた。今回のことでそれに拍車がかかった形だ。

パーティーももう終わりと見て、智紀は須田の話を持ち出すことにした。これでも気を使っていたのだ。

「これでもう須田さんに絡まれたりしないですむのかな」

「らしいぞ。なにしろ橋本家の息子にあやうくケガをさせるところだったんだからな」

須田が仕向けたことが、そのまま彼自身に返ってきたわけだ。和志を邪魔に思うあまり、嘘の報告書をでっち上げてまで不当に貶め、人を雇ってケガを負わせようとしたのだから、これは立派な犯罪だ。公《おおやけ》にされたら困るだろう。

「俺にとってはどうでもいい相手だったが……いたらいたで鬱陶《うっとう》しかっただろうからな。加堂さんと利害が一致してよかった」

　こちらの話に加堂はときおり意識を向けてくるが、基本的には裕理の相手をしていて、会話には加わってこない。そして裕理はこちらをまったく気にしていなかった。シャンパンを飲んでいたせいもあるようだ。

「俺の疑いも完全に晴れたし」

「それは……うん。疑ってごめん。けど大学でのイメージ悪くなっちゃったよね……」

　いまの和志は智紀に対してとても誠実だ。だが撒《ま》き散らされた噂の後遺症は残り、大学での和志の評判を回復させることは難しいだろう。一度張られたレッテルは、そうそうはがせるものではない。

「もともと悪いんだから別にいい。友達を作りに行ってるわけじゃないしな」

　同じゼミにいる学生は事実無根だと知っていて、噂を否定してくれもするという。だから見知らぬ他人がどう思おうとかまわないのだ。そして教授に至っては、噂の発生と伝播の仕方が不自然だと首を傾げてさえいるそうだ。片が付いたので、週明けにでも事情を説明すると和志は笑った。

「そっか」

「気分よくおまえの誕生日を祝えてよかった」

「……うん」

すっきりとした気分は智紀も同様だ。おかげで今日は一段と美味しく食事が出来た気がする。大勢でわいわいと食べたのが楽しかったせいもあるだろうが。

「これで心置きなく受験勉強に励めるな」

「あ……」

フォークを持つ手がぴたりと止まり、向かいの席で裕理もはっと息を飲んでいた。どうやらそこだけピンポイントで耳に入ったらしい。

酔いが醒《さ》めた……と裕理が小さく呟いた。

くすりと笑い、和志は自分のフォークで一口分のケーキを刺し、智紀の口元へ持って来る。

「明日からは厳しいぞ」

「う……はい」

今日は恋人の顔で、うんと甘やかすらしい。どちらかと言うとこれは「バカップル」がやるような行動だが、見ているのは二人だけだと開き直り、智紀はケーキをぱくりと口にする。

ほどよい甘さが口いっぱいに広がった。

あとがき

皆様はじめまして、あるいはこんにちは。

難産の末、なんとかこうして形になりました本作。いかがでしたでしょうか。というか最近もう安産なんてないんですけども……。

いやー……暮れから年明け、いろいろとありました。まず暮れに風邪をひき、咳がひどくてただでさえヘロヘロしていたのに、追い討ちをかけるように咳き込んだある瞬間にズキーン！　と……。

はい、肋骨をやってしまいました。噂には聞いてましたけど、本当に咳とかくしゃみで肋骨ってヒビが入るんですね。うふふ……。もう息するだけで痛いわ、寝転がるときも起きるときも寝返り打つときも痛いわで、痛みが完全になくなるまで約一ヵ月かかりましたとさ。しかも出来ることはコルセットすることくらい……という、これも噂で聞いていた通りでした。

そして年が明け、ようやく治ったよイエーイとか思っていたら、タクシーにバッグを置き忘れるという大失態！　財布を握りしめ、別の荷物だけを持って降りてしまったというわけです。家の鍵も携帯電話もバッグに入っていたので、必死で公衆電話を探し（これがまた最近ないんだ公衆電話）、なんとかタクシー会社に電話をするも、しばらくたって返ってきたのは「ありません」というお答え。そんなバカなと途方にくれた後、とにかく交番に行って届け出番号をもらって携帯電話止めなきゃ……と思っていたら、なぜか別の（三百メートルくらい先の）交番にバッグが届いてまして。

どういうことかと言いますと、わたしが降りてすぐに別のお客さんがタクシーに乗り、数百メートルくらい先で降りり、その際に自分のバッグと一緒に無意識にわたしのバッグをつかんで降りたため、タクシーの運転手はわたしのバッグを発見出来ず、見知らぬバッグを持っていることに気づいた乗客の方が交番に届けた……ということらしいです。

うっかりミスのせいで、大変な疲労感に打ちのめされましたよ。今後は気をつけます。ぼうっとしすぎていたな……反省。

そんな抜け作ですが、今後ともよろしくお願いいたします。

今回も陵クミコ先生には大変お世話になりました。ありがとうございました。いただいた和志のラフを見て、格好いい……と、うっとりしてました！　智紀も美しいです！

最後に、ここまで読んでくださった皆様、ありがとうございました。今回は内容にまったく触れていないあとがきとなってしまいましたが、ご勘弁願いたいと思います。

それでは次回、またなにかでお会いしましょう。

きたざわ尋子

✦初出　イミテーション・ロマンス……………書き下ろし

きたざわ尋子先生、陵クミコ先生へのお便り、本作品に関するご意見、ご感想などは
〒151-0051 東京都渋谷区千駄ヶ谷 4-9-7
幻冬舎コミックス　ルチル文庫「イミテーション・ロマンス」係まで。

幻冬舎ルチル文庫

イミテーション・ロマンス

2015年3月20日　第1刷発行

✦著者　きたざわ尋子　きたざわ じんこ

✦発行人　伊藤嘉彦

✦発行元　株式会社 幻冬舎コミックス
〒151-0051 東京都渋谷区千駄ヶ谷 4-9-7
電話 03(5411)6431［編集］

✦発売元　株式会社 幻冬舎
〒151-0051 東京都渋谷区千駄ヶ谷 4-9-7
電話 03(5411)6222［営業］
振替 00120-8-767643

✦印刷・製本所　中央精版印刷株式会社

✦検印廃止

ISBN978-4-344-83411-8　C0193　Printed in Japan